셰익스피어를 읽다

세계문학을 읽다 7

셰익스피어를 읽다

김윤경 지음

SHAKESPEARE

머리말

"온 세상이 무대다(All the world's a stage)."

– 셰익스피어, 《뜻대로 하세요》 2막 7장 중에서

독자들에게 묻는다. 이 세상을 한마디로 정의한다면, 어떤 단어가 떠오르는가? 여기 세상을 하나의 '무대'로 보았던 작가가 있다. 세계적인 극작가이자 시인 윌리엄 셰익스피어는 그의 작품에 등장하는 인물을 통해 세상을 위와 같이 정의했다. 그리고 그 무대를 거니는 인간은 '걸작'이라 말했다.

셰익스피어는 16세기 영국이라는 시공간을 넘어 인간이라면 누구나 겪는 삶의 경험과 가치, 모두의 세상살이를 글의 주재료로 삼았다. 현대사회에 살고 있는 우리가 그의 감상과 표현에 공감하며 고개를 끄덕일 수 있는 건 이러한 이유 때문일 것이다.

이 책에서는 불후의 작가 셰익스피어의 삶과 작품 세계, 그리고 그의 대표작 다섯 편을 다뤘다. 우선 '셰익스피어의 삶과 작품 세계' 부분에서는 작가의 생애를 비롯해 그가 쓴 작품의 종류, 특징 등을 소개하면서 시대를 대변하는 각 분야의 전문가들로부터 그가 어떤 평을 들었는지 정리했다. 더하여 그의 글이 오늘날 우리에게 주는 의미, 셰익스피어 문학이 앞으로 나아갈 방향 등 함께 생각해 볼 만한 주제도 추가했다.

'셰익스피어 작품 읽기'에서는 시인 셰익스피어보다 극작가 셰익스피어에 집중했다. 그가 언급한 여러 가지 키워드를 좀 더 폭넓게 살펴볼 수 있도록 약 37편의 희곡 중 각기 개성이 다른 대표작 다섯 편을 골라 담았다. 《한여름 밤의 꿈》은 한마디로, 유쾌한 낭만 드라마이다. 현실과 판타지를 넘나들며 진정한 사랑은 무엇이고, 또 그 사랑을 하는 주체인 인간은 어떤 존재인지 생각해 볼 수 있다. 《로미오와 줄리엣》은 그의 사후에도 세기의 러브스토리라는 명성을 잇고 있는 작품이다. 비극적인 사랑을 주제로 한 작가의 탁월한 언어 표현력을 감상할 수 있다. 《베니스의 상인》은 마치 카멜레온 같은 법정 드라마이다. 주인공을 누구로 생각하고 읽느냐에 따라 작품의 색깔이 달라지기 때문이다. 《햄릿》은 덴마크 왕자의 다소 잔인한 성장통을 그렸다. 삶과 죽음 사이에서 고뇌하는 젊은이의 독백을 읽으며 작가가 어떤 삶의 가치에 대해 말하려 했는지 파악할 수 있다. 마지막으로 《맥베스》는 성찰문과 같은 글이다. 주인공이 숨기고 있던 사악하고 어두운 면모를 파헤치며 우리의 죄와 양심 또한 돌아보게 한다.

각 작품 읽기에는 해당 작품을 좀 더 쉽게 이해할 수 있도록 핵심 키워드를 제시했고, 그 작품을 원작으로 한 영화나 뮤지컬 같은 2차 창작물들도 소개했다. 나아가, 함께 읽은 사람들과 나누면 좋을 만한 생각 거리를 추가했다. 주어진 질문을 활용하여 독서 후 드는 생각들을 다른 사람들과 이야기함으로써 더욱 풍부한 감상이 되었으면 한다.

누구나 '셰익스피어'라는 이름은 익히 들어왔겠지만, 원문이 영어로 된 고전 작품을 선뜻 골라 읽기는 쉽지 않았을 것이다. 이 책이 그 망설임을 줄여주는 역할을 할 수 있었으면 좋겠다. 그가 펼친 상상 안에서 독자들도 자유롭게 유영하며 나름의 상상력을 발휘하길 바란다. 그러면서 작가가 작품 전체를 통틀어 강조하는 '인간다움'이란 무엇인지 생각해 본다면 더할 나위 없겠다.

셰익스피어의 생각을 읽어내려 애쓰며, 그리고 즐겁게 읽어줄 독자들을 생각하며 쓴 이 글이 출간되기까지 도움을 주신 분들이 있다. 정갈한 글쓰기에 대한 조언을 아끼지 않으신 J 선생님, 스승의 마음으로 지켜봐 주신 M 선생님, 문학에 대한 사랑과 열의를 알아봐 주신 두 분께 감사 인사를 올린다. 더하여 초안부터 출판까지 인내로 함께해 주신 담당 편집자님께도 깊은 감사를 드린다.

차례

Ø1

셰익스피어의 삶과 작품 세계

1. 셰익스피어의 생애

셰익스피어는 그 명성에 비해 삶에 대한 기록이 많지 않다. 주로 교회, 관공서 등에 남은 단편적인 공식 기록과 동시대인들의 평가어록 등을 참고할 수 있으며, 비공식적으로는 그를 둘러싼 다양한 가설과 루머가 존재한다. 그러나 무엇보다 셰익스피어가 남긴 작품 자체가 그의 삶을 유추할 수 있는 가장 의미 있는 기록이다.

그래서 셰익스피어를 연구하는 학자들과 대중들은 그가 남긴 작품을 깊게 파고든다. 이를 토대로 그가 살아온 여정이 어떠했는지, 경험이나 가치관 등은 어떻게 드러나는지 추측하고 논의하면서 그의 정신과 작품 세계에 한 걸음 더 다가설 수 있다.

① 어린 시절

셰익스피어는 1564년 영국 중부의 작은 시골 마을 스트랫퍼드 어폰 에이번에서 여덟 남매 중 셋째이자 장남으로 태어났다. 그가 정확히 몇 월 며칠에 태어났는지는 공식 기록이 없다. 그래서 그가 고향에 있는 스트랫퍼드 홀리 트리니티 교회에서 세례받은 날짜인 4월 26일을 탄생일로 지정하고, 지금도 이 날짜에 탄생 기념행사를 연다.

셰익스피어의 아버지 존은 스트랫퍼드의 시장 자리까지 역임했던 부유한 상인이었다. 그러나 셰익스피어가 13세 때 갑자기 집안 형편이 어려워지면서 어린 셰익스피어는 더 이상 학교에 다닐 수 없게 된다. 이 때문에 그의 학창 시절은 그리 길지 않다.

스트랫퍼드 문법 학교에 다녔던 그는 그다지 모범생은 아니었던 듯하다. 그곳에서 라틴어, 그리스어, 논리학, 고전문학 등을 배웠으나 성적은 그리 좋지 않았다고 전해진다. 그럼에도 불구하고 그는 상당수의 작품에서 그리스와 로마의 고전 등 역사적 사실을 차용했고, 매우 풍부한 어휘와 고유 표현을 사용했다. 이로 미루어 보아 셰익스피어는 배운 바를 오래 기억하고 적용할 줄 아는 총명한 인물이었거나, 복습에 충실하며 열심히 공부하는 노력파였던 것으로 추측된다. 어느 쪽이든, 짧았던 학업 생활이 훗날 그의 작품에 방대한 영향을 끼친 것은 분명하다.

② 사라진 7년

1582년 11월 27일, 18세의 셰익스피어는 이웃 마을에 살던 여덟 살 연상의 여인 앤 해서웨이와 결혼하여 세 자녀를 두었다. 그런데 그로부터 3년 뒤인 1585년부터 1592년까지 그의 행방이 묘연해진다. 7년 동안이나 자취를 감춘 셰익스피어가 어디서 무엇을 했는지에 대한 기록은 어디에도 남아 있지 않아 이 시절을 '잃어버린 세월'이라고도 부른다. 이 '잃어버린 세월'에 대한 다양한 추측들이 존재하는데, 대체로 이때 그는 런던에서 극단과 극장에 발을 들이기 위해 온갖 잡역을 했으리라 짐작한다. 그와 동시대의 극작가들은 대부분 유명 대학을 졸업했거나 엘리트 교육을 받은 손꼽히는 인재들이었다. 반면 중등 교육 초기에 학업을 멈춰야 했던 셰익스피어는 그들과의 격차를 극복하기 위해 가장 낮은 자리에서부터 부단히 노력했을 것이다. 그리고 이러한 끈기가 "셰익스피어를 인도제국과도 바꾸지 않겠다."*라고 칭송받는 지금의 그를 만들었을 것이다.

③ 런던 연극계 진입

여러 극단을 돌며 연극의 엑스트라 등 허드렛일을 맡아 하던 셰익스피어는 1590년대 초반부터 '로드 챔벌린스 맨'이라는 극단의 작가 중 한 명으로 세상에 이름을 알리기 시작한다. 1603년 전후

* 19세기를 대표하는 영국의 사상가이자 역사가 토머스 칼라일이 남긴 어록이다. 셰익스피어의 천재성을 드높이는 말 중 하나로, 그가 남긴 작품의 역사적·문학적 가치와 대중적 인기에 대한 영국인들의 자부심을 엿볼 수 있다.

엘리자베스 1세 치하의 영국은 그에게 유리한 시기였다. 부유한 국운에 힘입어 연극이라는 문화생활이 시민들에게 흥미로운 볼거리이자 뛰어난 향유 예술로 자리 잡았기 때문이다. 이러한 시대적 기회를 발판 삼아 셰익스피어는 런던 최고의 인기 작가로 자리매김할 수 있었다.

신인 시절에 그는《뜻대로 하세요》,《한여름 밤의 꿈》,《말괄량이 길들이기》,《십이야》,《베니스의 상인》,《헛소동》 등의 희극과 소네트(14행의 짧은 시로 이루어진 서양 시가)를 썼다. 이후에는《안토니와 클레오파트라》,《줄리어스 시저》를 시작으로《오셀로》,《리어왕》,《햄릿》,《맥베스》와 같은 4대 비극을 포함한 좀 더 진지하고 무거운 역사극·시대극에 집중했고, 은퇴를 앞두고는 주요 장르를 낭만극으로 전환하여《심베린》,《겨울 이야기》,《폭풍우》 등 화해의 결말을 맺는 작품을 주로 썼다.

④ 다시 고향으로

런던 연극 문화계의 스타가 되어 활발한 작품 활동을 하던 셰익스피어는 1607년 6월쯤 은퇴하고 고향으로 돌아가 평화로운 삶을 보낸다. 다만 은퇴 후에도 런던을 방문하는 등 극단과의 교류는 계속 이어나간 듯하다. 그리고 1616년 4월 23일에 52세로 생을 마감한다. 현재 그의 유해는 스트랫퍼드 홀리 트리니티 교회 가장 안쪽에 가족들과 함께 잠들어 있다.

2. 셰익스피어를 부르는 또 다른 이름들

문학의 정수로 평가받는 셰익스피어. 저명한 그의 이름만큼 그를 수식하는 말들 또한 다채롭다. 그를 가리키는 대표적인 별명들을 소개한다.

① 언어의 마술사

> 나는 셰익스피어의 작품을 읽을 때마다 경이로움을 느낀다. 사소하기 이를 데 없는 사람들이 그렇게나 훌륭한 언어를 내뱉고 있다니!
>
> – 데이비드 허버트 로렌스

그의 작품을 한 번에 이해하기란 쉬운 일이 아니다. 영문학을 전공한 사람들도 현대 영어가 아닌 16세기의 원문을 읽고 그가 써 내려간 모든 단어나 표현의 정확한 의미를 단번에 이해하기는 어렵다. 그래서 오늘날 사람들은 셰익스피어가 글 곳곳에 설치한 언어적 장치나 이야기의 맥락에 숨은 시대적 풍습 등을 연구한다. 그의 언어적 트릭에 대한 답을 알아내기 위해 노력하는 것이다. 셰익스피어의 언어를 보다 더 바르고 깊게 이해하고자 하는 사람일수록 그의 작품은 더욱 어려워진다. 그러나 그 어려움과 난해함을 극복하고 난 후에는, 즉 글에 숨은 그의 의도를 이해하고 난 후에는 그 풍부한 상상력과 표현 능력에 감탄하지 않을 수 없게 된다.

'언어의 마술사'라는 별명답게 셰익스피어는 방대한 어휘를 사용한다. 실제로 그는 작품에서 약 3만 개에 달하는 어휘를 두루 활용했다. 이 중에는 기존의 단어 두 개 이상을 조합한 합성어 비슷한 어휘도 있고, 아예 새로운 단어를 만든 경우도 있다. 동음이의어의 중의성 또한 자주 활용했다. 이렇게 언어를 매개로 한 실험적이고 창의적인 시도로 인해 셰익스피어는 영어를 더욱 풍요롭게 만드는 데 크게 기여한 작가로 꼽히기도 한다.

② 음유시인

> 셰익스피어의 작품에는 새들이 지저귀고, 푸르른 수풀이 우거지고, 사랑이 가득하고, 영혼이 고통받고, 덥고 추우며, 낮과 밤이 오가고, 시간이 흐르고, 숲과 사람들의 목소리가 들리고, 영원한 꿈이 허공을 떠다닌다.
>
> – 빅토르 위고, 《윌리엄 셰익스피어》 중에서

음유시인은 고대부터 중세까지 유럽 전역을 떠돌며 시를 읊고 노래를 지어 부르던 사람을 가리키는 말로, 오늘날의 싱어송라이터와 비슷하다. 셰익스피어에게는 그가 태어난 고향의 지명을 딴 '에이번의 음유시인'이라는 별명이 있다.

셰익스피어의 화려한 글솜씨는 무대라는 특수한 상황에서 더욱 빛난다. 그가 활동했던 당시의 무대는 요즘처럼 무대장치나 조명 같은 각종 특수 효과가 발달하지 못했다. 이 때문에 관객들은 오로지 연기자를 통해 전달되는 대사와 몸짓만으로 상황을 이해해야 했고, 극작가 또한 대본만으로 관객에게 감동을 전달해야 했다. 음유시인 셰익스피어는 이것이 얼마나 힘든 일인지 알고 있었던 듯하다. 이 한계를 극복하기 위해 셰익스피어는 글을 쓸 때 연출 효과까지 고려하여 표현했는데, 이는 다양한 수사법, 이미저리(imagery), 언어유희, 비유 등으로 구현되었다. 관객들의 머릿속에서 극이 보다 더 생동감 있게 재현될 수 있도록 한 것이다. 덕분에 그의 작품 속 언어는 기술의 도움 없이도 충분히 신비롭다.

③ 만세(萬世)를 위한 자

셰익스피어와 동시대에 활동했던 영국 극작가 벤 존슨은, 셰익스피어를 "한 시대가 아닌 만세를 위한 작가"라고 칭했다. 이는 셰익스피어 작품 세계의 특징 중 하나인 '보편성' 때문일 것이다. 보편성은 고전주의가 주류를 이루던 17~18세기의 작가들과 철학가들이 셰익스피어를 논할 때 빠지지 않던 개념이다. 이 보편성은 '모든 시대와 장소를 아울러 각기 다른 성향의 인간상을 이해하고 묘사할 수 있는 능력'이라는 뜻으로 해석할 수 있다. 낭만 희극을 예로 들자면, 그는 사랑에 빠진 젊은 남녀에게서 찾아볼 수 있는 남

다른 감수성, 무모함, 소심함, 리더십 등 다양한 성향과 성격을 마치 고유한 색깔처럼 각기 다르게 표현했다. 셰익스피어의 작품을 최초로 편집했다고 알려진 작가 니콜라스 로우는 이에 대해 다음과 같은 비평을 남겼다.

> 셰익스피어가 만들어 낸 인물에게는 매력적이고 독특한 다양성이 있다.
>
> – 니콜라스 로우

이러한 특징 때문에 셰익스피어가 세상을 떠난 뒤 몇 세기나 지난 오늘날에도 그의 작품을 통해 작중인물을 만날 때면 마치 그 인물이 현재 일어나고 있는 사건의 주인공인 것처럼 생생하게 느껴진다.

3. 셰익스피어와 희곡

> 만약 셰익스피어가 20세기 미국에서 태어났더라면 할리우드의 시나리오 작가, 21세기 한국에서 태어났더라면 드라마 작가 혹은 힙합 작사가로 대성했을 것이다.
>
> – 안경환, 《문화, 셰익스피어를 말하다》 중에서

셰익스피어가 작가로 활동하기 위해 런던에 발을 내밀었던 당시, 영국은 극장 문화가 한창 꽃피던 시대였다. 엘리자베스 1세의 통치 아래 영국인들은 문화적 번영을 누렸다. 극단과 극장이 성행했으며, 많은 사람이 연극을 즐기기 위해 잘 꾸며진 극장을 찾았다. 이러한 폭발적인 인기에 고등 교육을 받은 젊은이들은 너 나 할 것 없이 극작가를 꿈꾸며 극장 문을 두드렸다. 셰익스피어는 이렇게 연극 문학이 사회적으로 환영받던 시대에 문화계를 평정한 작가로 활약한 것이다.

예술 작품은 그 안에 숨은 미적 가치를 알아보고 제대로 즐길 줄 아는 사람을 필요로 한다. 아무리 훌륭한 작품을 쓴다 해도 그것을 통해 감동을 얻을 사람이 없다면 무의미할 것이다. 다행히도 셰익스피어의 천재성은 탄탄한 대중의 지지를 바탕으로 더욱 빛날 수 있었다.

① 탁월한 장르 선택

희곡은 인물의 대사와 동작으로 이루어지는 문학의 한 갈래이다. 소설과 다르게 등장인물들이 서로 직접적으로 대화하는 대본 양식을 갖추고 있어 공연 예술인 연극으로 재현된다. 역사적으로 문학의 초기 형태는 희곡이었다고 한다. 이런 면에서 셰익스피어는 우리가 즐겨 읽는 소설, 시 등 다른 장르를 포함한 문학의 아버지라고 볼 수도 있을 것이다.

셰익스피어는 약 1590년부터 1613년까지 대략 37편의 희곡을 발표했는데, 이를 시기별로 분류하면 낭만 희극, 역사극, 비극 등으로 나눌 수 있다. 작가의 생애와 활동 시기에 따라 각 작품의 특성을 뚜렷하게 구분할 수 있다는 사실은 그가 다른 작가들과 다른 점 중 하나이다.

② 낭만 희극, 사랑 이야기의 초석

낭만 희극은 그 명칭으로도 짐작해 볼 수 있듯 주로 젊은 연인의 사랑과 시련, 성장 등을 주제로 한 희곡 장르이다. 영화 장르인 '로맨틱 코미디' 또는 '하이틴 로맨스'의 원조 격인 셈이다. 낭만 희극에는 대개 순수한 젊은이들이 등장하고, 그들은 연인, 친구, 라이벌 등 다양한 관계로 복잡하게 얽혀 있으며, 이들이 고난을 겪게 되는 일련의 사건이 일어나며 극이 전개된다. 사건은 운명 또는 우연의 이름으로 얽히고설킨다. 특히 셰익스피어의 낭만 희극에는 여자 주인공이 남장을 하여 갈등을 고조시키거나 극의 재미를 더하는 경우도 많다. 대표작으로 《실수 연발》, 《말괄량이 길들이기》, 《베로나의 두 신사》, 《한여름 밤의 꿈》, 《헛소동》, 《윈저의 즐거운 아낙네들》, 《뜻대로 하세요》, 《십이야》 등이 있다.

③ 4대 비극의 완성

극작가로서 성공을 거둔 셰익스피어는 이후 비극 집필을 시도

하며 제2의 전성기를 연다. 이 시기에 그 유명한 4대 비극《오셀로》,《리어왕》,《맥베스》,《햄릿》이 탄생한다. 이 작품들에는 공통적인 특징이 있다. 먼저 왕족, 귀족 등 높은 신분의 인물이 주인공으로 등장한다. 그리고 비극의 시작과 끝은 거의 모든 경우 주인공의 허영심, 질투, 분노, 야망, 나약함과 같은 성격적 결함에서 비롯된다. 이는 운명의 장난으로 인해 시련을 겪는 낭만 희극의 청춘들과는 다른 양상이다. 우리는 이 비극 작품들을 통해 선, 악, 복수, 권력, 욕심, 망상, 음모 등 인간의 깊고도 어두운 본질을 만날 수 있다.

4. 사랑을 노래한 소네트

> 셰익스피어의 소네트는 같은 빛깔이면서도 여러 종류의 구슬이 섞인 한 목걸이와 같다.
>
> – 피천득

셰익스피어는 시를 쓰기도 했다. 페스트의 창궐로 극장이 폐쇄된 시기에 그는《비너스와 아도니스》,《정열의 순례자》,《연인의 한탄》 등의 시집을 남겼다. 그중 가장 널리 알려진 것은《소네트》로, 이를 통해 셰익스피어의 우아하고도 재치 있는 글솜씨를 엿볼 수 있다.

소네트는 14행의 시가로, 기승전결(起承轉結)과 비슷한 흐름을 가지고 있어 안정적이다. 대표적으로 13세기경 유래한 이탈리아 소네트와 추후 알려진 영국 소네트가 있다. 영국 소네트의 다른 이름이 바로 셰익스피어 소네트이다. 존 밀턴, 엘리자베스 브라우닝 등 많은 문학가가 즐겨 쓴 시형이기도 하다.

시인 피천득에 의하면 소네트는 우리나라의 시조와 유사한 면이 있다. 우선 소네트와 시조 모두 서정적인 표현을 통해 자연을 찬미한다. 또한 님에게 사랑을 고백하는 내용을 골자로 하고 있으며, 운율과 가락 또한 살아 있다. 다만 시조에는 인생의 무상함과 우리 민족 특유의 한의 정서가 담긴 반면, 소네트는 낙관적이고 낭만적인 부분이 더 강조된다. 《소네트》에는 총 154편의 작품이 실려 있는데, 이 중 가장 유명한 것은 18번째 작품이다.

그대를 여름날에 비해도 되겠습니까
그대는 그보다 더 사랑스럽고 온화하답니다
거친 바람이 곱게 핀 5월의 꽃봉오리를 흔들고
여름이 빌려 온 기간은 어찌 이렇게 짧을까요
때로는 하늘의 눈이 너무나 뜨겁게 빛나고
그의 금빛 얼굴은 흐려지기도 하네요
그렇게 모든 아름다움은 바래지기도 하고

우연히 또는 자연의 변화 속에서 쇠퇴하기도 하지만
그대의 영원한 여름은 흐려지지 않고
그대가 가진 아름다움은 없어지지 않을 것이며
죽음이 그대를 그늘의 세계로 들여와 방황하게도 못 할 것입니다
시간 속 영원한 시의 구절마다 그대가 자라나고 있으니
인간이 살아 숨 쉬고 눈으로 앞을 보는 한
이 시 또한 살아 그대에게 생명을 드릴 것입니다

화자는 사랑하는 이를 여름에 비유하고 있다. 그 여름은 온화하고도 사랑스럽다. 화자는 자신의 시가 글로 존재하는 한, 당신의 아름다움은 영원히 살아 숨 쉴 것이라 고백한다. 자연에 빗대어 유토피아적인 표현으로 노래하고 있는 것이다.

이렇게 셰익스피어의 소네트는 자연의 아름다움을 섬세하게 묘사하면서 그 아름다움을 사랑하는 상대를 향한 고백으로 자연스럽게 연결한다. 독창적으로 사랑을 비유함과 더불어 행마다 일정한 규칙에 따라 운율을 맞춘 구조적 완벽함이 이 시를 더욱 서정적으로 만든다. 실제로 이 소네트는 많은 작곡가의 가사에 차용되어 서구권 가곡이나 합창곡에서 어렵지 않게 발견할 수 있다. 게다가 소네트의 주제는 셰익스피어의 희곡과 일맥상통할 때가 많다.* 따라서 소네트와 희곡을 번갈아 읽으며 자연과 사랑을 노래하는 셰익스피어의 필력을 감상하는 것도 그의 작품 세계를

이해하는 방법 중 하나가 될 수 있다.

5. 셰익스피어 바라보기

> 셰익스피어는 영국의 전함이다. 규모는 작고 돛은 가벼운, 그래서 어떤 바람이나 물결이 와도 기지와 상상력으로 재빨리 흐름을 바꿀 수 있는.
>
> – 토마스 풀러

인간에 대한 세밀한 관찰과 묘사, 복잡한 내면의 심리를 독창적인 언어로 표현한 셰익스피어는 서양 문학사에서 빼놓을 수 없는 인물 중 하나이다. 따라서 그가 살았던 시대부터 오늘날까지 많은 사람들이 그의 작품이 가진 역사적·사회적·문학적 가치에 대해 다양한 견해를 나누고 있다. 최고의 찬사부터 신랄한 비판까지 여러 분야의 수많은 대가, 문학가, 유명인 등이 다양한 각도에서 그의 작품 세계에 대해 소감과 평가를 남겼다.

18세기를 대표하는 영국의 시인 새뮤얼 존슨은 셰익스피어 작

• 일례로 희곡 작품에 등장하는 자연의 특정 이미지가 소네트에 그대로 등장한다. 작품 읽기 《로미오와 줄리엣》을 참조. 셰익스피어가 선택하는 시적 주제의 일관성을 확인할 수 있다.

품 속 등장인물들을 "이 세상에서 흔하게 만나볼 수 있는 사람들의 후예"라고 말했다. 또한 17세기 히스패닉 계열 소수 인종을 대표하는 시인 레너드 딕스는 본인의 시 일부에 "셰익스피어의 책은 살아 있는 사람들을 보여준다."라는 찬양 구절을 넣었다. 이렇게 일부 비평가들은 셰익스피어의 작품이 현실감 있는 등장인물을 통해 독자들이 보고, 듣고, 경험하고 싶었던 것들을 직접 오감으로 느끼게 해준다고 말한다.

한편, 문학적 기법을 중점으로 평가한 이들도 있다. 극작가이자 최초의 문학 비평가였던 존 드라이든은 《극시론》에서 다음과 같이 셰익스피어의 이미저리 활용법을 긍정적으로 평가했다.

> 셰익스피어는 오늘날까지의 시인 중 가장 포용력이 넓은 영혼의 소유자이다. 자연의 모든 이미지는 그 앞에서 살아났고 지금까지 살아 있으며, 그 살아 있음을 표현하는 데 전혀 힘을 들이지 않는다. 그가 자연의 무언가를 묘사하면 우리는 그것을 보는 단계를 넘어 느끼기까지 한다. 그는 천부적으로 자연과 교감했다. (중략) 자연은 이미 그의 내면에서 발견할 수 있는 것이었다.
>
> – 존 드라이든, 《극시론》 중에서

또한 셰익스피어의 동료 배우였던 존 헤밍과 헨리 콘델도 존 드라이든과 비슷하게 이야기했다.

> 저자는 자연을 모사(模寫)하며 자연을 가장 부드러운 방법으로 표현한 사람이다. 그의 마음과 손은 늘 함께했다. 그가 생각한 것은 무엇이든 참 쉽게 글로 변화하곤 했다.
>
> – 존 헤밍 · 헨리 콘델, 《퍼스트 폴리오》 중에서

영국의 수필가 찰스 램은 셰익스피어가 선택하는 어휘와 관용어의 멋은 그의 작품을 글로 읽을 때 최대로 드러난다며 그의 필력을 후하게 평했다.

> 셰익스피어의 희곡은 다른 극작가들의 작품과는 다르게 무대에서의 재현을 위해서만 창작된 것이 아니다. 모순적일 수 있지만, 이 작가의 탁월성은 무대를 위한 인위적인 계산이 없다는 것에서 드러난다. 무대 위 연기, 눈빛, 말투, 행동으로는 작품 속 글자 그대로의 훌륭한 문장을 충분히 살려낼 수 없다.
>
> – 찰스 램, 《셰익스피어 비극에 대하여》 중에서

반면 부정적인 의견도 있다. 극작가 로버트 그린의 어록은 셰익스피어를 상대로 기록된 최초의 혹평이다. 이 어록은 셰익스피어의 평범한 출신과 낮은 학력을 언급하며 정통 교육을 받은 극작가들과는 달리 그가 하는 일은 어설픈 베껴 쓰기에 불과하다고 주장한다.

그를 믿지 마라. 우리의 깃털로 꾸민 출세한 까마귀가 배우의 탈을 쓴 호랑이의 심장으로 당신들 최고의 것만큼 멋지게 무운시(無韻詩)를 내보일 수 있다 여기고 있으니.

– 로버트 그린, 〈엄청난 후회로 사들인 서 푼짜리 지혜〉 중에서

또 러시아의 대문호 톨스토이는 셰익스피어의 언어가 허세로 가득하고 부자연스러우며, 문학을 창조하는 예술가라면 마땅히 지녀야 할 도덕적 기준과 신념이 그의 작품에서는 전혀 보이지 않는다고 비판했다.

내가 셰익스피어의 희극을 읽으며 가장 먼저 들었던 생각은 그가 가장 중요한 것을 빠트렸다는 것이다. 바로 등장인물이 말하는 언어의 고유성이다. 작품 속 모든 인물이 자신의 언어로 말하는 것이 아닌, 하나같이 셰익스피어 특유의 허세 가득하고 부자연스러운 언어로 말한다. 그들이 실존 인물이라면 절대 사용하지 않을 그런 어조와 말투이다. (중략)

그는 그 시대 사람이라면 가졌을 법한 종교적 신념조차 없었던 것으로 보인다. 신념도 없이 온갖 종류의 사건, 공포, 어리석음, 논쟁, 효과 등을 아무렇게나 글로 쌓아 올린 그가 어떻게 시대를 대표하는 천재 극작가로 이름을 알릴 수 있다는 말인가?

– 톨스토이, 《셰익스피어에 대한 비평 에세이》 중에서

6. 새롭게 태어나는 셰익스피어의 세계

> 대중문화 내 모든 곳에 셰익스피어가 있는 것은 자명한 사실이다. 영화, 텔레비전, 라디오, 뮤지컬, 대중음악, 아동 도서, 광고, 만화책, 장난감, 컴퓨터게임 등 상상할 수 있는 거의 모든 현대 대중문화에는 셰익스피어적인 각색이 존재한다.
>
> – 더글라스 라니어, 《셰익스피어와 현대 대중문화》 중에서

셰익스피어의 문학은 시대를 거듭하며 끊임없이 재탄생하고 있다. 오늘날 수많은 음악, 영화, 미술, 공연 예술 전문가들이 셰익스피어 문학의 다양한 가능성을 저마다의 색채로 조명하고 있다. 덕분에 우리는 조금 더 쉽게 그의 작품 세계를 이해하고, 그가 전달하고자 했던 바를 생생하게 느낄 수 있다.

① 영화

셰익스피어의 작품을 원작으로 한 영화는 현재까지 50편이 넘는다. 원작의 시대와 분위기를 충실히 따른 전통적인 시대극 장르의 작품이 있는가 하면, 원작의 플롯만 빌린 후 특정 세대를 겨냥하여 독특하게 재해석한 작품도 있다. 《십이야》 속 삼각관계 연인들을 고등학생으로 바꿔 하이틴 로맨스물로 만든 〈쉬즈 더 맨〉(2006)

은 등장인물의 이름과 장소 등 셰익스피어가 창조한 고유명사는 그대로 차용하고, 셰익스피어의 작품에 단골로 등장하는 남장한 여인 소재를 코미디 요소로 활용하여 젊은 세대에게 큰 인기를 얻었다. 또한 로맨틱 코미디 장르의 정석으로 여겨지는 〈내가 널 사랑할 수 없는 10가지 이유〉(1999)도 《말괄량이 길들이기》의 서사와 인물 설정을 그대로 가져와, 셰익스피어가 현대에 살았다면 그려냈을 법한 청소년 성장물을 완성했다. 그 외 디즈니 애니메이션 〈라이온 킹〉(1994)은 《햄릿》을 오마주했으며, 셰익스피어의 삶에 대한 기록이 많지 않다는 데서 비롯한 상상력을 바탕으로 그의 가상의 젊은 시절과 사랑을 그린 〈셰익스피어 인 러브〉(1998)와 같은 시도도 이루어졌다.

② 무대극

무대에서는 연극뿐 아니라 뮤지컬, 오페라, 발레 등의 공연 예술도 펼쳐질 수 있다. 셰익스피어의 작품은 대사로만 이루어지던 연극을 넘어 다양한 형태의 예술로 사람들과 교감하고 있다. 17세기부터 19세기까지 프랑스, 이탈리아, 독일 등 서유럽 국가의 오페라계에서 셰익스피어의 희곡은 수많은 음악가, 작곡가, 극작가들에게 영감을 주었다. 그중 1674년 매슈 로크와 펠햄 험프리의 〈폭풍우〉, 1816년 조아치노 로시니의 〈오셀로〉, 1692년 헨리 퍼셀의 《한여름 밤의 꿈》에 기반한 〈요정 여왕〉이 유명하다. 특히 헨리 퍼셀의 오페라는 노래와 대사가 번갈아 등장하는 새로운 방식을 채택하여 희곡의 특징을 잘 살려냈다. 또한 1847년 베르디의 〈맥베스〉는 대형 합창 코러스를 이용해 맥베스 부부의 죄악과 맞물린 정치적·심리적 어지러움을 강렬히 표현했다. 뮤지컬계에서는 프랑스에서 개봉한 〈로미오와 줄리엣〉이 큰 인기를 끌어 2000년대 내한 공연이 이루어지기도 했다.

③ 대중음악

대중음악 중에도 셰익스피어의 영향을 받은 곡들이 있다. 미국 팝 가수 테일러 스위프트의 초창기 대표곡 〈Love Story〉(2007)는 그녀가《로미오와 줄리엣》에서 영감을 받아 동화적으로 각색해 쓴 곡이라고 한다. 그녀가 젊은이들에게 절대적인 지지와 사랑을 받는 세계적 스타임을 감안할 때, 셰익스피어의 로맨스 소재가 요즘 세대들에게도 가깝게 다가갈 수 있다는 가능성을 다시 한번 확인할 수 있다.

> 너는 로미오였고,
> 나는 주홍글씨였지.
> 아빠는 줄리엣에게서 떨어지라 말했지만,
> 너는 나의 전부야.
> 난 너에게 "가지 마."라고 애원하고 있어.

그러면서 말하지.
로미오, 나를 데려가 줘.
우리 둘만 있을 수 있는 곳으로, 어디로든.
기다릴게, 도망칠 일만 남았어.
넌 왕자가, 난 공주가 될 거야.
이건 사랑 이야기니까
그저 알겠다고 말해줘.

– 테일러 스위프트, 〈Love Story〉 중에서

④ 문화 산업과 학계

셰익스피어를 중심으로 한 문화 예술 산업은 여전히 현재 진행형이다. 그중 가장 중심이 되는 곳은 작가의 고향인 영국인데, 1879년 문을 연 로열 셰익스피어 극장(RST) 외 스트랫퍼드에 있는 세 개의 극장에서 셰익스피어 작품에 기반한 공연 및 기념행사를 매년 열고 있다.

학계에서도 셰익스피어를 더 알기 위한 움직임이 활발히 이루어지고 있다. 해마다 5000종이 넘는 셰익스피어 관련 문헌과 연구 자료가 발간되고 있으며, 1991년 도쿄에서는 '세계 셰익스피어 대회'가 개최되기도 했다. 또한 1865년 바이마르에서 개최된 '독일 셰익스피어 학회'를 시작으로 여러 전문 연구 학회들이 동서양을 막론하고 꾸준히 활동하고 있다.

7. 교육 주제로서의 적합성

영미권에서 중등 교육과정을 받는 학생들은 셰익스피어의 작품을 적어도 한 편 이상 읽게 된다. 그들은 영어 및 영문학 시간에 셰익스피어의 대표작을 읽고, 해석하고, 토론한다. 이때 배운 작품을 실제 연극으로 발표하는 수행평가도 종종 이뤄진다. 우리나라의 국어 시간에 윤동주, 한용운, 채만식의 작품을 배우듯 영어권의 학생들은 셰익스피어를 자연스럽게 접하고 익힌다.

그런데 최근 들어 셰익스피어를 의무 공립 교육과정에서 없애자는 주장이 등장했다. 미국에서 계속되는 인종차별 및 관련 혐오 범죄로 인해 유색인종과 사회적 약자의 인권을 보호하자는 목소리가 늘고 있는데, 이 흐름과 더불어 일부 사람들이 백인 남성의 시각에서 쓰인 문학을 공부하는 것은 의미가 없다고 주장하는 것이다. 물론 이에 대립하는 측도 있다. 그들은 셰익스피어의 선천적인 인종과 피부색을 보기 전에 그가 묘사하는 인물의 다양성, 감정선, 가치관에 집중해야 한다고 호소한다. 시공간과 출신 국가, 인종을 초월하여 인간이라면 공감할 초우주적 요소, 즉 인간 내적 요소를 봐야 한다는 입장이다. 실제로 그의 작품에 대한 해석과 비평은 해설가의 사회적 배경, 교육 수준, 개인적 경험, 정신연령 등에 따라 다르다.

우리는 긍정적 평가와 비판 가운데 다음과 같은 교집합은 항상 존재했다는 점을 기억해야 한다. 셰익스피어는 작품에 인간과 삶에 대한 사색과 성찰을 담아냈다. '나는 누구인가? 또 인간은 어떤 존재이며, 어떤 삶을 살아야 하는가?'라는 질문에 대한 답은 그의 작품을 탐독하는 사람이라면 인종, 국적, 나이, 성별에 구애받지 않고 누구든지 얻을 수 있다.

8. 문자를 넘어서

4차 산업혁명의 바람이 일면서 우리의 일상은 디지털화되고 있다. 코로나19 이후로 다양한 교육 현장에서 원격 교육부터 시작해 블렌디드 러닝, VR·AR, 메타버스 등 인공지능과 소프트웨어 기술을 이용한 전혀 다른 교육 방법들이 시도되고 있다. 문학의 세계도 이와 같다. 종이에 인쇄된 책을 읽던 우리는 어느새 전자기기를 통해 독서를 하고, 문자로만 존재하던 작품들은 디지털 미디어 기술을 만나 새로운 콘텐츠로 탈바꿈하고 있다.

이에 고전으로 여겨지는 셰익스피어의 문학도 새바람을 타고 신매체, 신기술의 도움을 받아 다양한 모습으로 우리와 마주할 준비를 하고 있는지도 모른다. 그가 작품을 통해 전달하고자 했던 인간, 삶, 사랑, 아름다움의 가치가 문자 이상의 어떤 형태로 대중들에게 다가가 새로운 의미와 가치를 갖게 될지 기대해 본다.

Ø2

셰익스피어 작품 읽기

한여름 밤의 꿈

A Midsummer Night's Dream, 1595~1596

Thy love ne'er alter till thy sweet life end!

사랑은 변하지 않을 것입니다. 그대의 달콤한 삶이 끝나는 날까지도! (2막 2장)

이 작품은 사랑을 노래한 극이다. 《로미오와 줄리엣》과 서사와 구조가 비슷한 이 극에는 마법, 요정, 노래, 춤 등 사랑이라는 감정을 더욱 환상적으로 만드는 낭만적인 요소가 가득하다. 연인들의 사랑과 요정들의 장난이 독자들을 몽환적이고 아름다운 판타지 세계로 안내한다.

1. 줄거리와 등장인물

① 줄거리

아테네의 귀족 이지우스는 자신의 딸 허미아를 드미트리우스와 결혼시키고자 한다. 하지만 허미아에게는 이미 라이샌더라는 연인이 있어 아버지의 명령을 거역할 수밖에 없었다. 그런데 당시 법에 따르면 아버지에게 순종하지 않는 딸은 강제로 수녀원에 보내

지거나 심지어 목숨을 잃기도 했다. 이에 법을 관장하는 아테네의 공작 테세우스는 허미아에게 길지 않은 시간을 주며 마지막 경고를 한다.

허미아와 라이샌더는 아테네를 떠나 법적으로 부부가 될 수 있는 곳으로 도피를 결심한다. 허미아는 떠나기 전에 친구 헬레나에게만 이 사실을 털어놓는다. 그런데 사실 헬레나는 허미아의 구혼자인 드미트리우스를 짝사랑하고 있었다. 그녀는 드미트리우스에게 자신의 마음을 수차례 전해봤지만, 매번 모진 거절만 돌아와 좌절하고 있었다. 그러던 와중에 친구의 비밀을 알게 된 헬레나는 드미트리우스에게 이를 전달하면 그가 자신에게 조금이라도 눈길을 주지 않을까 생각하여 결국 그에게 허미아와 라이샌더의 도피를 알리고 만다. 소식을 들은 드미트리우스는 곧장 허미아와 라이샌더가 향한 숲으로 쫓아가고, 그 뒤를 헬레나가 따라가며 한여름 밤의 이야기가 시작된다.

네 명의 젊은 청춘이 들어간 숲에는 요정 왕 오베론과 여왕 티타니아가 요정들의 시중을 받고 있었다. 오베론과 티타니아는 모종의 사건으로 크게 다툰 상태였다. 티타니아에 대한 복수심이 차오른 오베론은 충실한 하인 퍽을 불러 특별한 꽃 한 송이를 꺾어 오라고 지시한다. 그 꽃은 즙을 내어 자고 있는 사람의 눈꺼풀에 흘리면 눈을 뜬 후 처음 보는 사람에게 첫눈에 반하게 되는 마법의 힘을 가지고 있었다. 오베론은 이 즙을 티타니아의 눈꺼풀에 흘릴 것을 명령한다.

그때, 오베론은 드미트리우스가 자신을 따라온 헬레나를 매몰차게 뿌리치는 장면을 목격한다. 헬레나를 가엾게 여긴 오베론은 퍽에게 드미트리우스의 눈에도 마법 꽃의 즙을 흘릴 것을 명령한다. 그런데 퍽은 숲에서 잠시 휴식을 취하고 있는 허미아와 라이샌더를 먼저 발견하게 되고, 라이샌더를 드미트리우스로 착각하여 그에게 마법 꽃의 즙을 흘린다. 이윽고 라이샌더는 자신을 발견하여 깨우는 헬레나를 목격하고, 마법의 힘으로 인해 그녀를 사랑하게 된다. 일이 잘못되었다는 걸 안 퍽은 실수를 만회하려다 결국 라이샌더와 드미트리우스 모두 헬레나를 사랑하게 되는 결과를 초래하고 만다. 두 남자는 경쟁하듯 헬레나에게 열렬히 구애하고, 헬레나는 두 남자가 자신을 조롱한다고 생각해 절망에 빠진다.

한편, 요정 여왕 티타니아가 잠에서 깼을 때 가장 먼저 본 것은 마법에 걸려 당나귀 머리를 하고 있는 바텀이었다. 이에 티타니아가 바텀에게 무작정 사랑 고백을 하게 되면서 둘 사이에 우스꽝스러운 장면이 연출된다. 오베론은 티타니아에게 걸린 마법의 효력을 없애는 한편, 두 쌍의 남녀가 안개 속을 헤매게 만들어 지치게 한 후 그들이 잠들자 라이샌더의 마법을 풀어준다. 결국 드미트리우스는 마법의 힘으로 헬레나를 사랑하게 되었고, 라이샌더는 허미아를 향한 사랑을 되찾는다. 두 쌍의 연인은 요정들의 축복 아래 행복한 합동결혼식을 올린다.

② 등장인물

테세우스

아테네를 다스리는 공작. 엄격한 도시 법과 권위, 질서를 상징하는 인물이다. 작품 후반에 캐릭터 변화가 있다.

이지우스

허미아의 아버지. 가부장적인 법을 이용해 허미아를 드미트리우스와 약혼시키려 한다.

허미아

이지우스의 딸. 독립적이고 행동력이 있으며 라이샌더를 사랑한다. 작품 초반 아테네의 법을 피해 라이샌더와 숲으로 사랑의 도피를 감행한다.

라이샌더

허미아의 연인. 그녀와 도피한 숲속에서 잠시 휴식을 취하다 퍽의 실수로 꽃의 마법에 걸린다. 이후 연인 허미아를 버리고 헬레나에게 사랑을 고백하기 시작한다.

드미트리우스

허미아에게 구애 중인 청년. 허미아와 라이샌더가 숲으로 도망갔다는 소식을 헬레나에게 듣고 그 뒤를 쫓아간다. 자신의 사랑을 갈구하는 헬레나를 모질게 대하지만, 그 역시 꽃의 마법에 걸려 그녀에게 반한다.

헬레나

드미트리우스를 짝사랑하는 당찬 여인. 드미트리우스를 쫓아 숲으로 간다. 꽃의 마법으로 갑자기 태도가 돌변한 라이샌더와 드미트리우스를 보고 혼란스러워한다.

오베론

요정들의 왕. 티타니아가 아끼는 소년을 자신의 시종으로 삼고 싶어 하지만 이를 티타니아가 거절하자 자존심이 상해 퍽을 시켜 티타니아를 골려줄 계획을 짠다.

티타니아

요정들의 왕비. 마법의 꽃을 이용한 오베론과 퍽의 장난에 넘어가 당나귀 머리 바텀을 사랑하게 된다.

퍽

오베론의 시중을 드는 요정. 티타니아와 인간들에게 꽃의 마법을 거는 장본인. 실수로 소동이 벌어지자 수습에 나선다.

2. 극의 배경

① 창작 배경

《한여름 밤의 꿈》의 주요 원전은 8세기 서사시 〈변신 이야기〉를 비롯한 그리스 신화로 알려져 있다. 다른 희곡에 비해 비현실적인 요소가 극의 중심축이 되는 것이 큰 특징이다. 공식적으로 기록된 첫 공연은 1604년에 제임스 1세의 궁전에서 열렸으며, 그 후 1692년 헨리 퍼셀의 오페라, 1960년 벤저민 브리튼의 정통 오페라, 1970년 RSC 피터 브룩의 현대 공연, 1999년 마이클 호프만의 영화 등으로 환상극의 명맥을 꾸준히 이어오고 있다.

② 시간적 배경

셰익스피어는《한여름 밤의 꿈》의 배경을 '밤'이라는 특별한 시간으로 설정했다. 보통 은밀하고 중요한 일들은 밤에 일어난다고 여겨진다. 낮보다 고요하고 어둡기 때문이다. 이 때문에 어떠한 일이 밤에 일어난다면 그 일은 고요함을 깨우는 흥미로운 사건이 되고, 어둠 속을 비추는 희미한 달빛같이 자연스럽게 누군가의 이목을 끌게 된다.

여기서 한발 더 나아가 셰익스피어는 '어느 날 밤'이 아닌, '한여름 밤'으로 구체적인 시간을 설정했다. 서구권, 특히 영국 및 북유럽 지역에서 하지(夏至)의 밤은 요정들이 돌아다니며 성대한 축제를 벌인다고 여겨지는 마법의 시간이다. 일종의 토속신앙이라고 할 수 있다. 이렇게 지역의 특별한 전설을 반영한 설정은 극의 신비로움을 극대화한다.

③ 공간적 배경

도시 아테네에 있던 등장인물들은 저마다의 이유로 아테네 외곽에 위치한 숲을 여행하게 된다. 이 숲이라는 공간은 도시가 지니고 있는 것보다 조금 더 선명한 역할이 있다. 먼저 숲은 '꿈' 자체를 의미한다. 도시가 현실이라면 숲은 꿈의 공간이다. 이지우스와 테세우스가 허미아에게 혼인법을 지키라 강요하는 것처럼, 도시는 사회가 정한 질서와 규율을 지켜야 하는 곳이다. 반대로 숲은 이러한 현실을 거부한 허미아가 본인의 소망을 이루기 전 잠시 쉬어갈 수 있도록 해주는 도피처이자 쉼터이다.

또한 숲은 등장인물에게 마법의 힘을 빌려주어 한층 더 성장하게 하는 공간이다. 숲에 들어가기 전 등장인물들은 저마다 이루고 싶은 꿈이 있지만, 현실의 장애물에 가로막힌 상태이다. 헬레나가 사랑하는 드미트리우스는 허미아에게 마음이 있어서, 헬레나에게는 눈길도 주지 않은 채 차가운 대답으로만 일관한다. 하지만 극이 끝날 무렵 숲을 나올 때가 되면, 헬레나는 그토록 애타게 사랑하던 드미트리우스와 결혼을 하게 된다. 마치 우리가 잘 아는 신데렐라 이야기처럼, 그녀는 마법의 도움을 받아 역경을 이겨내고 해피 엔딩을 맞는 캐릭터가 된 것이다.

이처럼 숲은 등장인물에게 여정의 틀을 마련해 주는 성장형 공간이자, 초현실적 힘을 발휘하여 극적인 기회를 직간접적으로 제공하는 장치가 되어준다.

3. 사랑의 장애물

《한여름 밤의 꿈》의 주제는 한마디로 '사랑을 쟁취하기 위한 노력'이라고 말할 수 있다. 극의 시작부터 허미아는 원치 않는 결혼을 해야 할 상황에 놓이고, 이는 스토리를 이어가는 갈등 및 사건 전개의 첫 번째 원인이 된다. 극을 지켜보는 관객들은 라이샌더와 허미아, 그리고 드미트리우스와 헬레나가 맺어지기를 자연스럽게 바라게 되지만, 이 두 쌍의 연인은 스토리가 진행되는 과정에서 다양한 고난을 겪는다. 첫 번째 장애물은 허미아의 아버지인 이지우스와 공작 테세우스이다.

이지우스

자비로우신 공작님 앞에서
제 딸이 드미트리우스와 결혼하지 않겠다 말하면
아테네의 오래된 법적 권리를 요청합니다.

> 딸은 제 소유이므로 결혼하거나
> 죽음으로 갚는 것이 즉시 이행될 것을요. (1막 1장)

이지우스는 딸을 자신의 소유라고 이야기한다. 지금은 말도 안 되는 사고방식이라 여길 이야기지만, 당시 아테네 사회에서는 자식을 온전히 부모에게 속한 부속물처럼 생각했다는 것을 알 수 있다. 조선 시대 때 부모의 뜻에 따라 혼인을 했었던 우리나라와 비슷한 양상이다. 이렇듯 작품 속 주인공에게는 자유의지가 박탈된 상황이다. 이러한 시대적 배경으로 인해 허미아는 부모의 말을 거역한 죄로 평생 수녀원에 살거나 사형을 선택해야만 하는 기로에 놓인다. 그러나 그녀는 이 두 선택지 대신 사랑을 쟁취하기 위한 도피를 선택한다.

《한여름 밤의 꿈》은 《로미오와 줄리엣》과 비슷한 시기에 쓰였으며, 비슷한 서사 구조를 가지고 있다. 대립한 두 원수 가문 출신으로 서로를 사랑하는 것이 금지되어 결국 죽음으로 사랑을 승화시켰던 로미오와 줄리엣과 마찬가지로 《한여름 밤의 꿈》에 등장하는 젊은 남녀도 이와 비슷한 선택을 한다. 그러나 그들은 로미오와 줄리엣과는 달리 현실과는 동떨어진 새로운 세계, 숲으로 달아난다. 숲이라는 공간은 운명을 예측할 수 없게 하는 보이지 않는 힘을 품고 있다. 이 힘은 젊은 연인들의 여정에 설렘과 스릴을 더하고, 행복한 결말이라는 사랑의 완성을 선물한다.

오베론

큐피드의 화살을 맞은 보랏빛 꽃이여,

이 눈동자 속으로 살그머니 들어가거라.

이 눈이 처음 만나는 여인의 모습은

비너스 여신의 금성과도 같이 빛날 것이다.

잠에서 깨고 그녀가 옆에 있다면

그녀의 사랑을 구하거라. (3막 2장)

두 번째 장애물은 요정들, 정확히는 그들의 마법이다. 요정들은 마법을 이용해 인간들에게 도움을 주려고 했으나 의도치 않은 실수를 저지르고, 오히려 더 큰 혼란을 초래하고 만다. 그렇지만 우리는 연인들이 행복한 결말을 맞이할 것을 알기에, 이 장애물은 결과적으로 운명적인 기회가 된다. 운명의 열쇠를 쥔 심부름 요정들이 덤벙대다 일으킨 착각은 재미있고도 안타까운 사랑의 사각관계를 만들어낸다.

4. 사랑을 정의하기

'사랑이란 무엇인가'라는 질문은 삶에서 영원히 떼어놓을 수 없는 화두 중 하나이다. 우리가 꿈꾸는 사랑이란 무엇일까. 모두가 동의할 수 있는 단어로 세상의 모든 사랑이라는 감정을 명확히 정의할 수 있을까. 이 작품에서 셰익스피어는 등장인물의 대사를 통해 자신이 생각하는 사랑의 모습들을 나름대로 정의하고 있다.

① 사랑은 시련

라이샌더

아아, 지금까지 내가 읽은
이야기나 역사의 한 부분 그 어떤 곳에서도
진실한 사랑의 여정은 순탄하지 못했다지요. (1막 1장)

사랑에는 으레 시련이 따르기 마련이다. 앞서 이야기한 장애물은 연인들의 사랑을 견고하게 해주는 핵심적인 역할을 한다. 시련을 견뎌내는 연인들의 모습은 이를 지켜보는 독자들에게 현실에서 각자의 사랑에 수반되는 아픔도 끝내 견뎌낼 수 있을 것이라는 희망을 준다. 《성경》에는 "사랑은 …… 모든 것을 믿으며 모든 것을 바라며 모든 것을 견디느니라."라는 유명한 구절이 있다. 허미아 또한 이러한 사랑의 시련을 잘 알고 있는 듯하다. 그녀는 사랑을 위해 인내 또한 겸허히 받아들이고 자신의 마음을 지켜나갈 것을 다짐한다.

허미아

진실한 사랑의 주인공이 방해를 받는다면,

그것은 숙명일 것이에요.

우리의 고난에 인내를 가르쳐주면 되겠죠.

사색, 꿈, 한숨, 소망, 눈물, 사랑의 추종자들처럼

항상 겪어야 하는 그런 방해물이니까요. (1막 1장)

② 사랑은 이성 vs 감성

이성은 사랑과 싸우면 결국 지고 만다. 이성이란 사랑에게는 노예에 지나지 않는다. 이성은 사랑을 붙잡을 만한 힘이 되지 않는다.

– 오다시마 유시, 《내게 셰익스피어가 찾아왔다》 중에서

우리는 흔히 '사랑'의 반대 개념으로 '이성'을 떠올린다. 18세기 영국 작가 제인 오스틴의 대표작 중에는 《이성과 감성》이라는 소설이 있다. 그녀는 이 소설에서 진정한 사랑을 찾는 두 남녀를 아름답고도 재치 있게 묘사하고 있다. 또한 결혼 적령기의 남녀가 서로를 알아가며 만남과 헤어짐을 반복하는 과정에서 이성과 감성이 어떻게 작용하고, 어느 쪽이 우선시되어야 하는지에 대한 논점을 던진다. 이 논쟁은 책이 출판된 당시에는 물론 오늘날에도 끊임없이 계속되고 있는 주제이다.

라이샌더

그대를 향한 내 충성스러운 마음이 끝나는 날,

나의 목숨도 끝나기를!

잠으로 부디 그대가 평안한 쉼을 얻기를! (2막 2장)

허미아와 숲으로 도망친 라이샌더는 휴식을 취하기 전, 허미아에게 이와 같은 달콤한 고백을 하며 밤을 마무리한다. 하지만 퍽의 실수로 마법에 걸리는 바람에, 이러한 고백을 한 후 채 몇 시간도 되지 않아 그녀를 버리고 헬레나에게 구애를 하는 비이성적인 행동을 보인다. 라이샌더는 사랑의 묘약의 힘을 빌려 맹목적이고도 불가항력적인 사랑, 이성의 힘이나 합리적인 생각과는 거리가 먼 감정에 충실한 사랑을 주장한다.

라이샌더

허미아와 행복하라니,

그녀와 함께했던 모든 순간을 후회하는데.

내가 사랑하는 사람은

허미아가 아닌 헬레나 당신.

까마귀를 비둘기와 바꾸지 않을 이가 있을까요.

남자의 욕망은 이성의 지배를 쉽게 받지요.

그 이성은 당신이 훨씬 아름답다고 말하고 있네요.

모든 것은 때가 되어야 무르익듯
내 이성 또한 아직 성숙하려면 멀었지만,
이제 이성은 내 의지를 지배하고
사랑 이야기를 가장 아름답게 기록한 책과 같은
당신의 눈으로 향하라 하네요. (2막 2장)

라이샌더가 말하는 이성은 자세히 생각해 보면 억지 주장이다. 정말 이성적으로 이 상황을 분별할 수 있는 관객들에게 라이샌더의 대사는 신임을 얻기 힘들고, 심지어 우스꽝스럽게 느껴진다. 무대 위 단 몇 분 만에 벌어진 이 변덕을 통해, 그리고 마법의 꽃이라는 극 중 장치를 통해 셰익스피어는 사랑 앞에서 이성 혹은 감성 어느 한쪽에 치우치지 않도록 주의하라 경고하고 있다. 또한 헬레나가 말하는 사랑의 정의를 통해 진정 지혜로운 사랑의 형태는 무엇인지 다시금 생각해 보게 한다.

헬레나
사랑은 무엇이 되었든 우아하고, 기품이 생기게 해.
사랑은 눈으로 보는 것이 아닌, 마음으로 보는 거야.
날개 달린 큐피드가 눈이 가려져 있는 것은 그 때문일까.
사랑하는 마음에 분별력이 들어올 자리는 없어.
날개는 있어도 눈은 없을 테니까. (1막 2장)

5. 사랑의 미완성

세상에는 여러 가지 모습의 사랑이 존재한다. 그런데 이 중에는 형태가 완전하지 못한 사랑도 있다. 혼자 속앓이를 하면서도 차마 표현하지 못하는 짝사랑, 안타까운 실연을 겪은 뒤 홀로 남은 사랑 등 뜻대로 흘러가지 않은 경우가 그러하다. 이와 같은 사랑을 겪는 독자들이라면 외롭게 사랑의 추격전을 벌이는 헬레나에게 공감하고, 마법 꽃의 신비한 힘을 갈망하게 된다. 셰익스피어는 이러한 사랑의 어긋남까지 등장인물의 대사를 통해 흥미롭게 보여주고 있다.

① 사랑은 방황

3막 3장은 퍽의 실수에 의해 복잡하게 엉켜버린 네 젊은이들의 관계가 가장 드라마틱하게 드러나는 부분이다. 꽃의 마법에 걸린 라이샌더는 본인의 진정한 사랑이 허미아가 아닌 헬레나라고 확신하게 된다. 헬레나를 그토록 모질게 대하던 드미트리우스도 그와 마찬가지이다. 허미아를 사랑하던 두 남자가 갑작스러운 애정을 구하니, 당연히 헬레나는 그들이 자신을 조롱하고 있다고 여겨 처지를 비관하게 된다. 이렇게 모든 것이 뒤죽박죽인 와중에, 설상가상으로 라이샌더와 드미트리우스는 서로 헬레나의 사랑을 쟁취하기 위해 결투를 하기로 약속한다. 요정 왕 오베론과 어설픈 사랑의 큐피드 퍽은 이 불필요한 싸움을 멈추기 위해 사태를 수습하기 바쁘다.

라이샌더

그는 나를 앞서며 계속 신경 쓰이게 하네.
부르는 곳에 가면 이미 없어.
이 나쁜 녀석, 나보다 재빠르군.
아무리 빨리 가도 한발 먼저 날아가 버렸잖아. (3막 3장)

라이샌더는 숲속에서 대결 상대인 드미트리우스를 찾다가 그가 나타나지 않자 답답한 마음에 혼잣말을 중얼거린다. 그런데 만약 이 대사가 사랑하는 사람을 향한 것이었다면 어떨까? 사실 극 중에서 숲속의 네 젊은이는 관계와 상관없이 서로의 위치와 마음을 묻고 있다. 그들은 모두 자유와 사랑을 찾아 숲속을 정처 없이 헤매고 있는 처지이다. 그와 동시에 우리는 그들의 마음 또한 상대방의 사랑을 갈구하며 오갈 데 없이 방황하고 있는 모습을 볼 수 있다. 사랑의 여정에서 네 주인공은 발도, 마음도 길을 잃는다. 이처럼 현실에서의 사랑도 길을 잃을 때가 있다. 열심히 쫓아가 보지만, 먼저 저 멀리 날아가 버리는 애석한 짝사랑이 그런 경우이다. 라이샌더의 이 한숨 섞인 토로는 이루어질 수 없는 짝사랑을 비유하는 적절한 표현법으로도 볼 수 있다.

② 사랑은 변덕

라이샌더

달콤한 것일수록 많이 먹으면 질리기 마련이고,
보기만 해도 속이 메스꺼워지는구나. (2막 2장)

마법에 걸려 허미아를 외면하고 헬레나를 쫓아다니는 라이샌더를 보며 관객들은 허미아에게 연민을 느끼게 된다. 또한 이 장면에서는 마법의 힘으로 눈이 가려진 인간의 우스꽝스러운 모습이 부각되기도 한다.

그런데 현실에서도 사람의 마음이 이렇게 순식간에 변해버린다면, 사랑이란 감정은 얼마나 덧없는 것일까. 셰익스피어의 다른 작품에서도 변심을 경고한 인물이 있다. 《로미오와 줄리엣》의 로렌스 신부는 그들의 불타오르는 사랑을 염려하여 이와 같은 이야기를 한다.

로렌스 신부

너무 달콤한 꿀은 그 단맛 때문에 싫고,
맛보는 것만으로 식욕도 사라지는 법.
그러니 적당히 사랑해야 한다.
그것이 영원한 사랑의 길. (2막 6장)

"사랑의 유통기한은 3개월"이라는 말이 있다. 현대 과학에 따르면, 도파민의 영향으로 사람이 이성적인 호감을 느껴 열정적으로 사랑을 하는 시간은 3개월을 채 넘지 못하는 경우가 많다고 한다. 셰익스피어는 과학적 실험과 연구 결과 없이도, 이미 삶의 경험과 문학적 영감을 통해 이러한 사실을 진작 깨달았는지도 모르겠다. 이유야 어떻든, 이렇게 우리 인체에 일어나는 화학적 반응을 마법의 꽃이라는 매개체로 달리 설명한 셈이다.

6. 사랑으로 인생을 논하기

퍽

그들의 저 어리석은 행동을 보세요.

인간은 참 바보 같지 않습니까? (3막 2장)

위의 대사는 연인들의 술래잡기를 보며 퍽이 오베론에게 하는 말이다. 사랑을 지키기 위한 어리석은 행동이나 처절한 노력, 이 모든 것을 무의미하게 느끼도록 만드는 허무한 배신 등 다양한 사랑의 형태를 제시한 뒤, 이를 관망하는 이의 해학적인 표현으로 매듭을 짓는 것이다. 이러한 사랑의 다채로운 모양은 꽃의 마법이 없는 우리의 삶과도 많이 닮았다. 우리는 사랑하는 사람을 지키기 위해, 또 사랑을 계속하고 싶은 마음에 종종 스스로도 이해할 수 없는 선택을 하는 불완전한 일상을 살고 있다. 이 작품을 읽다 보면 그러한 자신의 삶과 사랑의 모습을 다시 한번 돌아보게 된다.

7. 상상하는 힘

인간은 상상력을 통해 자유로움을 얻는다. 현실의 제약을 벗어나 저마다의 가능성, 꿈과 이상을 펼쳐보는 일은 언제나 설레는 일이다. 이는 문학에서도 마찬가지이다. 셰익스피어의 작품 또한 작가의 상상력의 산물이다. 그리고 그가 글 속에 펼쳐놓은 세상을 우리도 자유롭게 상상하며 자신의 입맛대로 다시 그려볼 수 있다. 그러한 면에서 《한여름 밤의 꿈》은 상상력을 가장 극적으로 펼칠 수 있는 작품이다.

아테네의 공작 테세우스는 작품 속에서 젊은 연인들과의 관계나 태도가 가장 역동적으로 변화하는 인물이다. 그는 한 도시를 다스리는 지도자로서 사회질서, 법, 합리적 판단을 상징한다. 이러한 테세우스의 현실적이고 냉정한 판단 때문에 극 초반의 허미아와 라이샌더는 법의 지배를 받는 아테네 사회를 떠나 마법의 숲으로 도망가게 된다. 그러나 극 후반의 테세우스는 젊은이들의 자유로운 사랑을 받아들이고 합동결혼식을 주관하는 등 직접적으로 해피 엔딩에 일조한다. 이성에 충실했던 그가 연인들의 꿈 이야기를 듣고 난 후 변화한 것이다. 그는 마법과 환상으로 가득 찬 이야기를 믿기 힘들어하면서도 본인이 경험한 사랑, 그리고 합리성을 초월하는 상상력의 신비함에 대해 경이로움을 느끼며 감상을 밝히고 있다.

테세우스

이 얼마나 묘하고 기이한가?
오래된 설화나 요정 이야기라니, 믿을 수가 없구나.
사랑하는 사람들이나 미치광이들
모두 머릿속이 뒤죽박죽이라
냉철한 이성으로는 도저히
이해할 수 없는 것들을 상상해 내고 있어.
정신이 나간 사람, 사랑에 빠진 사람, 시를 쓰는 사람,
그들은 그렇게 상상의 세계에서 살고 있구나. (중략)
상상력이란 요술을 부리는 것과 같다.
기쁨을 누리고 싶으면
기쁨을 가져올 그 어떤 것을 상상해 버리고 마니까.
어두운 밤이 두려울 때
마치 덤불을 곰으로 보기 쉬운 것처럼. (5막 1장)

8. 제목의 의미

오베론

그들이 깨고 나면 이 모든 야단법석은
하나의 꿈이자 의미 없는 환영으로 느껴질 거야.
모두 아테네로 돌아가고 죽는 날까지
그들의 결합은 절대 끝이 나지 않겠지. (3막 2장)

셰익스피어는 이 작품의 제목을 '한여름 밤의 숲'이나 '한여름 밤의 사랑'이 아닌, '한여름 밤의 꿈'이라 지었다. 그 이유는 무엇일까?

오베론은 연인들의 결혼을 바라보며 '꿈'이라는 단어를 언급한다. 그가 이야기하는 '꿈'이라는 단어에는 어떤 의미가 있을까? 우리가 생각하는 '꿈'은 크게 두 가지 뜻이 있다.

꿈

1. 사람이 잠자는 동안에 생시처럼 여러 가지 사물을 보고 듣는 체험을 하는 정신 현상.
2. 어떤 일이 일어나기를 매우 강하게 소망하는 것.

그렇다면 셰익스피어가 제목에 사용한 '꿈'은 두 가지 뜻 중 어느 쪽일까? 등장인물들의 대사를 보았을 때, 제목의 '꿈'은 '환영'

을 의미한다. 잠에서 깨면 사라져 버려 덧없는 꿈이다. 그러나 오베론은 그들의 꿈이 끝나지 않을 것이라 말한다. 이는 숲속에서의 일은 언젠가 깨어날 마법과 같은 꿈이었지만 연인들의 염원으로 그 꿈은 현실이 되었고, 이로써 영원할 것이라 축복하는 요정 왕의 덕담으로 해석할 수 있다.

생각할 거리

1. 오늘날 젊은이들에게 '사랑의 묘약'이라 불릴 만한 것은 무엇이 있을지 생각해 보고, 현실에 사랑의 묘약이 정말 존재한다면 어떤 일이 벌어질지 이야기해 보자.

2. 영원한 사랑이란 존재하는지, 아니면 단지 몇 개월 만에 사라지는 호르몬의 작용일 뿐인지 자신의 생각을 이야기해 보자.

3. '사랑'을 정의하는 여러 문장을 찾아보고, 자신만의 단어로 사랑을 정의해 본 뒤 그렇게 정의한 이유를 말해보자.

4. 이 작품에 등장하는 두 쌍의 연인이 상징하는 사랑은 서로 어떻게 다른지 말해보자.

로미오와 줄리엣

Romeo and Juliet, 1595~1596

Is love a tender thing?
It is too rough, too rude, too boisterous,
and it pricks like thorn.
부드럽다고? 거칠고, 무례하고, 사나우며, 가시처럼 찌르는 것이 사랑이지. (1막 4장)

《로미오와 줄리엣》은 셰익스피어의 희곡 중 대중에게 가장 널리 알려진 작품으로, 오늘날까지 다양한 형태의 예술로 재해석·재창작되고 있다. 이 작품이 인기를 끈 비결은 여러 가지가 있겠지만, 그중 하나는 서정적 요소와 비극적 요소의 공존이다. 두 연인이 사랑을 속삭일 때는 그들의 대사를 그대로 노랫말로 만들 수 있을 만큼 낭만적이지만, 결말은 슬프고 애처롭다. 아름답고도 안타까운 사랑 이야기의 대명사 격인 이 작품은 이러한 이유로 오랜 시간이 지났음에도 여전히 감동을 전달하고 있다.

1. 줄거리와 등장인물

① 줄거리

이탈리아 북부 베로나에 있는 몬테규가와 캐퓰릿가는 서로 대립

하며 살고 있다. 오랜 원수지간인 이 두 가문은 길에서 우연히 만나기라도 하면 그 자리에서 곧장 싸움을 벌일 정도로 사이가 매우 좋지 않았다.

어느 날, 몬테규가의 아들 로미오는 친구 벤볼리오와 머큐시오의 꾐으로 가장을 하고 몰래 캐퓰릿 가문이 주최하는 파티에 간다. 그는 그곳에서 캐퓰릿가의 딸 줄리엣을 만나게 되고, 둘은 한눈에 사랑에 빠진다. 그 순간 줄리엣의 사촌 티볼트가 로미오 일행을 알아보고 연회장 밖으로 쫓아낸다.

그날 밤 로미오가 줄리엣을 보기 위해 그녀의 집 창문 밖을 서성이는데, 줄리엣이 발코니로 나와 로미오에 대한 사랑을 고백한다. 이를 들은 로미오도 줄리엣에게 화답하며 둘은 다시 한번 서로에 대한 마음을 확인한다. 그 후 로미오와 줄리엣은 그녀의 유모와 로렌스 신부의 도움으로 몰래 교회에서 결혼 서약을 한다.

그런데 얼마 뒤, 줄리엣의 사촌 티볼트가 로미오에게 결투를 신청한다. 로미오는 싸움을 거부하지만, 나머지 일행이 실랑이를 벌이다 결국 로미오의 친구 머큐시오가 티볼트와 결투를 벌이게 된다. 이 과정에서 머큐시오가 죽고, 분노한 로미오는 티볼트를 죽이게 되어 베로나에서 추방당한다.

줄리엣은 로미오를 기다리다 사촌 티볼트의 죽음과 로미오의 추방 소식을 듣고 로렌스 신부를 찾아가 도움을 구한다. 로렌스 신부는 로미오가 추방지인 만투아로 가기 전 함께 밤을 보낼 곳과 시간을 마련해 준다. 하지만 줄리엣의 부모는 줄리엣을 패리스 백작에게 바로 다음 날 혼인시키기로 결정한다. 위기에 처한 줄리엣에게 로렌스 신부는 일정 시간 동안 죽은 사람처럼 보이게 하는 물약을 건네고, 줄리엣은 이를 마시고 잠에 빠진다.

다음날, 모두가 그녀가 죽은 것으로 알고 장례식을 치른다. 로렌스 신부는 로미오에게 줄리엣은 죽은 것이 아니라 잠시 뒤 깨어날 것이며, 그녀가 일어나면 함께 떠나라는 메시지를 심부름꾼을 통해 보낸다. 하지만 공교롭게도 전염병이 도는 바람에 전갈이 제때 로미오에게 닿지 못했고, 로미오는 자신의 하인으로부터 줄리엣이 죽었다는 소식을 듣는다.

로미오는 베로나로 돌아가 줄리엣이 누워 있는 무덤 앞에서 패리스 백작을 죽이고 자신도 독약을 마신다. 바로 그때, 약 기운에서 깨어난 줄리엣이 그의 죽음을 눈앞에서 목격한다. 절망한 그녀는 칼로 가슴을 찔러 로미오를 따라 스스로 목숨을 끊는다. 그들이 쓰러진 곳에 신부, 영주, 두 가문 모두가 모인다. 죽은 로미오와 줄리엣의 모습을 본 그들은 뒤늦게 참회하며 가문의 갈등을 끊고 화해한다.

② 등장인물

몬테규

몬테규가의 가장. 캐퓰릿가와는 오랜 원수지간이다.

로미오

몬테규의 아들. 저돌적이고 낭만적이다. 로잘린이라는 여인을 사모했지만, 캐퓰릿가의 파티에서 줄리엣을 만나 한눈에 반한다.

벤볼리오

로미오의 사촌. 가문의 갈등을 멈추고자 노력하는 인물.

발타자르

로미오의 하인. 추방된 그에게 줄리엣의 소식을 전한다.

캐퓰릿

캐퓰릿가의 가장. 줄리엣을 패리스와 결혼시키려 한다.

줄리엣

캐퓰릿의 딸. 자기주장이 확고하다. 사촌의 죽음, 로미오의 추방, 패리스와의 강제 결혼 등 여러 난관을 맞지만 로렌스 신부의 도움을 받아 약을 먹고 죽은 것으로 위장하는 기지를 발휘한다.

티볼트

줄리엣의 사촌. 다혈질이다. 몬테규가에 대한 적대감이 심하다. 결투에서 머큐시오를 죽이고, 분노한 로미오에게 죽임을 당한다.

유모

줄리엣의 유모. 줄리엣을 정서적으로 지지하는 인물.

머큐시오

로미오의 친구. 쾌활하고 충동적이다. 티볼트가 로미오에게 시비를 걸자 충동적으로 결투를 벌이다 사망한다.

에스칼루스

베로나의 영주. 두 가문의 증오를 못마땅하게 생각한다.

패리스

에스칼루스의 친척. 예비 신부인 줄리엣을 연모한다.

로렌스 신부

프란체스코회의 수사. 로미오와 줄리엣을 이어주고 그들의 사랑을 돕는 인물.

2. 세상에서 가장 유명한 러브스토리의 탄생

《로미오와 줄리엣》은 직접 읽어보지 않은 사람에게 내용을 물어봐도 대략적인 줄거리와 등장인물, 결말 등을 알고 있을 만큼 세계적으로 유명하고 익숙한 작품이다. 예전에 한 방송의 퀴즈 쇼에서, 이 작품이 셰익스피어의 4대 비극에 포함되는지를 물어보는 문제가 나온 적이 있었다. 이는 4대 비극에 해당하는 네 작품보다 《로미오와 줄리엣》이 대중에게 더 친숙했기 때문에 출제된 문제였을 것이다. 그만큼 이 작품은 많은 사람이 손에 꼽는 최고의 러브스토리이다.

① 창작 배경

《로미오와 줄리엣》이 집필된 시기는 영국 사회가 런던의 페스트 대유행(1592~1593)으로부터 서서히 일상을 회복하던 때였다. 셰익스피어는 이때 시집 《비너스와 아도니스》로 세간의 인정을 받고 큰 성공을 거두었다. 이에 따라 그는 작품 창작에 자신감을 얻고 마음껏 이야기를 구상할 수 있었는데, 이때 쓴 작품이 《로미오와 줄리엣》이다. 이 시기에 쓴 다른 작품은 《사랑의 헛수고》, 《실수 연발》, 《리처드 2세》, 《한여름 밤의 꿈》 등이 있다.

② 시대적 배경

《로미오와 줄리엣》은 영국에서 로마가톨릭교회와 프로테스탄트 정권 간의 분열로 끊임없는 분쟁이 일어나던 시대에 집필된 작품이다. 그래서 당시 이 작품을 접한 젊은 세대는 몬테규가와 캐퓰릿가, 두 가문의 갈등을 로마가톨릭교도와 프로테스탄트의 갈등에 투영했을 가능성이 크다. 또한 기성세대의 파벌 싸움 속에서 그 피해를 고스란히 받고 있는 자신들의 모습도 함께 보았을 것이다. 이로 미루어 생각해 볼 때, 두 가문의 서로를 향한 증오로부터 시작해 연쇄적으로 일어난 로미오와 줄리엣의 비극은 셰익스피어가 당시 젊은 세대가 겪던 시대적 상황을 염두에 두고 집필한 것이 아닐까 하는 추측을 할 수 있다.

3. 이루어질 수 없는 운명

《로미오와 줄리엣》은《한여름 밤의 꿈》,《십이야》 등 셰익스피어의 다른 낭만 희극과 비슷한 점이 많다. 운명적인 사랑에 빠진 연인들, 그런 그들의 마음을 표현하는 서정적인 운율, 시대를 관통하는 낭만적인 대사와 청춘의 풋풋함을 보여주는 분위기 등이 그러하다. 다만《로미오와 줄리엣》은 다른 작품들에 비해 두 사람의 비극적인 운명을 극적으로 표현한 부분이 두드러진다. 덕분에 이 작품은 4대 비극과 같이 무게감 있는 비극으로 꼽히지는 않아도 시공을 초월하여 대중에게 가장 많은 공감과 연민을 얻는 작품이 될 수 있었다. 이 운명의 장난을 셰익스피어는 여러 가지 요소를 통해 표현하고 있다.

① 짧은 시간 설정

《로미오와 줄리엣》은 속도감이 운명을 결정짓는 드라마다.

– 브라이언 기븐스, 《셰익스피어와 다양성》 중에서

이 작품의 원전은 아서 브룩의 장편 시 〈로메우스와 줄리엣의 비극 이야기〉이다. 이 시에서는 주인공들의 사랑이 적어도 두 달 동안 이어진다. 그런데 셰익스피어는 이 몇 달간의 러브스토리를 단 4일로 단축한다.

사건이 전개될 때, 시간이라는 개념은 매우 중요하다. 대중매체에서도 원작 소설을 영화화할 때 비판받는 가장 큰 요소 중 하나는 바로 러닝타임의 한계이다. 원작자가 글로 짜놓은 촘촘한 내용을 한정된 시간 안에 무리하게 압축하려 하니 개연성이 부족해지거나 사건 전개가 어색해지는 것이다. 이는 관객들이 작품을 온전히 이해하는 데 부정적인 영향을 미친다. 하지만 셰익스피어는 이 시간 압축을 완벽하게 해냈다. 나흘이라는 짧은 시간 동안 서로에게 반하고, 사랑을 노래하고, 차례로 죽음을 맞이하기까지 인생의 덧없음을 효과적으로 표현한다.

로미오

슬픈 시간은 길게만 느껴지는구나.

벤볼리오

자네의 시간을 길게 하는 건 무엇인가?

로미오

시간을 짧게 해줄 것을

내 손 안에 갖지 못한 슬픔이지. (1막 1장)

위의 대사는 로미오가 줄리엣을 만나기 전 벤볼리오와 나누는 대화이다. 여기서 로미오가 말하는 '수중에 있으면 시간을 짧게 해줄 것'은 무엇일까? 사랑하는 사람과 함께 있는 시간을 떠올려 보자. 한 시간이 마치 일 분처럼 흘러가는 경험을 해본 사람이라면 로미오의 말에 쉽게 공감할 수 있을 것이다. 이 대화 후 로미오는 운명의 상대인 줄리엣을 만나게 되는데, 그 순간부터 시간은 정말 쏜살같이 빠르게 흘러간다.

② 어긋난 시간

셰익스피어는 작품의 첫 장부터 직접적으로 불행을 암시한다. 그들의 사랑이 마치 처음부터 죽음을 전제로 한 듯이 말이다. 덕분에 우리는 그들의 운명을 안타까워하면서도 예고된 비극 속의 두 남녀가 어떻게 죽음에 다다르는지 숨죽여 지켜보게 된다. 이때 이 비극을 초래하는 것 또한 시간이다. 더 정확히 말하자면, 시간의 어긋남이다.

로렌스 신부

로미오! 왜 이리 창백하느냐.

아니, 패리스 백작까지? 칼에 맞았구나.

아아, 야속한 시간이 저지른 이 일이 웬 말이더냐. (5막 3장)

줄리엣

이건 뭐지? 독약이구나! 때아닌 끝을 맞으셨군요. (5막 3장)

5막 3장은 비극의 클라이맥스이다. 로미오는 줄리엣이 죽은 줄 알고 비통해하며 독약을 마신다. 그때 로렌스 신부가 달려와 절규한다. 이어 줄리엣이 약에서 깨어나며 로미오의 때아닌 죽음을 마주한다. 슬픈 장면이다. '야속한 시간'이라는 구절은 그 슬픔을 잘 말해준다. 악역의 절대적인 힘도 아닌, 주인공의 약점도 아닌, 모두에게 공정하다는 시간의 어긋남에 의해 비극이 일어난다.

흔히 '사랑은 타이밍'이라고 말한다. 사랑의 완성은 시간에 의해 이뤄진다는 이야기이다. 그런데 로미오와 줄리엣에게는 사랑의 완성에 필요한 시간이 주어지지 않는다. 사랑의 타이밍이 어긋난 것이다. 만약 전염병이 유행하지 않아 로미오에게 전달될 메시지가 제때 도착했더라면, 하인 발타자르가 줄리엣의 장례에 대한 소식을 조금 늦게 전달했더라면, 로렌스 신부가 무덤에 더 일찍 도착했더라면, 줄리엣이 몇 분, 아니 몇 초만이라도 일찍 깨어났다면……. 그 순간이 맞았더라면 둘의 사랑은 비극으로 끝나지 않았을 것이다.

③ 이미 정해진 그들의 운명

《로미오와 줄리엣》에는 극 초반부터 주인공들의 운명을 점치는 듯한 대사가 있다. 이 대사는 마치 소설 속 복선과 같다. 이 대사로 인해 주인공의 운명은 일찌감치 결정된 듯한 느낌을 준다.

캐퓰릿

다른 아이들은 모두 무덤으로 돌아갔으나,
저 아이는 내 지상을 이어갈 희망이라오. (1막 2장)

줄리엣과의 혼인을 허락해 달라는 패리스에게 캐퓰릿은 위와 같이 대답한다. 극 초반에 죽음과는 거리가 먼 연회장 분위기에서 놓치기 쉬운 복선들이 존재하는데, 이 대사가 그중 하나이다. 대사 중 '무덤'과 '지상'은 모두 'earth'라는 단어로 쓰였다. 딸의 승낙을 얻어 보라 제안하는 유쾌한 대답은, 결말에 다다라 줄리엣이 '무덤'에서 죽은 모습을 캐퓰릿이 직접 목격한다는 점에서 아이러니하다.

이러한 장치는 관객들이 어느 장면, 어떤 인물의 대사에서 이와 같은 암시가 숨어 있을지 귀 기울이게 하고, 운명이라는 거대한 힘 앞에 그들이 어떻게 무릎을 꿇게 될지 궁금해하게 만든다. 그리고 마침내 그것이 현실이 되었을 때, 씁쓸한 아이러니를 느끼게 한다. 특히 주인공들의 대사를 통해 그들이 알지 못하는 미래의 운명이 암시될 때, 가장 극적인 아이러니를 느낄 수 있다.

로미오

너무 이른 것 같아 두려워.
지금 어떤 일이 운명의 별에 매달려 있는 듯해.
오늘 밤 축제와 함께 비통한 시작을 알리고
내 가슴 속 삶의 기한을 때아닌 죽음과 같은
혹독한 벌로 끝내버릴 듯한 좋지 않은 느낌이 들어.
나의 삶의 여정을 붙잡고 계신 분께서 운명을 인도해 주시길!
자, 혈기왕성한 제군들, 집 안으로 들어가자. (1막 4장)

줄리엣

오 주님, 예감이 좋지 않아요.
발코니 저 아래로 내려간 그대를 보니
무덤 맨 아래 죽어 있는 이를 보는 것 같군요.
내가 잘못 보는 거겠죠. 그대의 모습이 창백해 보여요. (3막 5장)

캐퓰릿 집안의 연회에 몰래 들어가기 전 로미오의 말, 그리고 로미오와의 짧은 만남 뒤 헤어짐이 아쉬운 줄리엣의 다급한 고백. 이 두 속삭임이 내포하는 의미는 오직 그것을 듣는 관객들만 알고 있을 것이다.

4. 운명을 거스를 준비가 된 강인하고 무모한 사랑

그들의 사랑은 '별을 거스르는 운명'임을 증명하듯 진취적이다. 그들은 주어진 시간 안에 열정적으로 기회를 활용하고, 믿을 수 있는 어른에게 도움을 구하며, 목숨을 걸어야 하는 모험도 피하지 않는다. 그들은 결혼 서약에서 맹세한 '죽음도 두렵지 않다'라는 말을 몸소 실천한다.

줄리엣

맹세하지 마세요.
아직은 너무 성급하고, 경솔하고, 갑작스러워요.
'번개가 친다'라고 말하기도 전에 이미
사라져 버리는 번개처럼 말이에요. (2막 2장)

서로 한눈에 반해 사랑의 고백을 주고받던 로미오와 줄리엣도 자신들의 감정이 무척이나 빠르고 갑작스럽다는 걸 알았는지 이를 번개에 비유한다. 위의 대사는 둘의 사랑이 마치 번개처럼 강렬하게 빛을 발하고, 그 순간 사라지게 될 것을 그들이 예측하는 듯 한 느낌을 준다.

로렌스 신부 또한 만난 지 일주일도 채 되지 않아 줄리엣과의 결혼을 결심하는 로미오에게 서두르지 말라고 충고한다.

로렌스 신부

현명하게, 천천히.
빨리 달리려고 하면 넘어진단다. (2막 3장)

로렌스 신부

격렬한 즐거움은 그만큼 격렬한 끝이 있고,
승리의 순간은 불과 화약이 만나는 것처럼 종말을 맞는 법이다.
(2막 6장)

이러한 로렌스 신부의 조언과 도움도 결국 시간과 운명의 힘 앞에 무릎을 꿇는다. 그럼에도 불구하고 로렌스 신부의 충고는 그가 주인공들을 진심으로 염려하는 조언자라는 점을 잘 나타낸다. 비극으로 치닫는 젊은이들의 무모하고도 강렬한 사랑을 어떻게든 지켜주려 하는 어른의 마음을 엿볼 수 있다.

로미오와 줄리엣의 무모함은 머큐시오와 티볼트의 죽음으로 인해 고난을 맞는 상황에서도 잘 드러난다.

로미오

제 입장이 되어보지 않으셨으니, 그렇게 말씀하실 수도 없어요.
신부님이 저처럼 젊고, 줄리엣을 사랑하고,
결혼한 지 한 시간밖에 되지 않았고, 티볼트를 죽였고,
추방당한 상황이시라면 말씀하실 수 있겠죠.
그때는 신부님도 머리를 쥐어뜯으시며 땅에 쓰러져
아직 만들어지지 않은 무덤의 길이를 재실 게 분명해요. (3막 3장)

줄리엣

지금부터 유모에게 더 이상 마음을 열지 않을 거야.
신부님이라면 해결책을 갖고 계실 테니, 그분에게 가봐야지.
그마저도 실패한다면, 나에겐 죽을 힘이 있어. (3막 5장)

위의 대사에서는 단 며칠 만에 운명의 사랑을 만나 결혼을 하고, 사람을 죽였으며, 마을에서 추방까지 당한 젊은이(로미오)의 처절한 절규와, 믿었던 유모의 현실적인 조언에 배신감을 느끼고 그만큼 무모함이 극대화되어 죽을 각오를 불사하는 또 다른 젊은이(줄리엣)의 충동적이고 반항적인 면모를 찾아볼 수 있다.

줄리엣

저분이 결혼하셨다면

내 무덤은 곧 내 신혼방이 되겠지. (1막 5장)

로미오와 줄리엣은 맥베스처럼 개인의 성격적 결함으로 비극에 치닫기보다는, 그들이 처한 환경과 무수한 장애물에 의해 운명적으로 비극을 맞는 쪽에 더 가깝다. 굳이 그들에게서 결함을 찾으라고 한다면, 스스로 어느 정도 운명을 예견하면서도 오로지 사랑만을 바라보고 행동하는 그들의 성급함과 무모함, 그리고 굳은 결정일 것이다.

5. 사랑을 표현하기

줄리엣

이름이 도대체 뭐지?
우리가 장미를 그 어떤 다른 말로 부르더라도
그 향기는 그대로일 텐데. (2막 2장)

줄리엣의 '장미의 이름' 구절은 셰익스피어의 희곡에서 최고의 명대사 중 하나로 꼽힌다. 그동안 자신들을 정의해 왔던 가문의 이름을 버리고 서로를 존재 그대로 사랑하기로 맹세하는 아름다운 독백이다. 셰익스피어는 운명과 맞물린 그들의 사랑이 얼마나 아름다운지, 《소네트》에 담았던 감성과 시적 표현을 두 사람의 고백에 담아 드러내고 있다.

① 사랑의 시각적 비유

로미오

오, 그녀는 너무 눈부시군.

횃불에게 밝게 타오르라고 가르칠 정도로 말이야. (1막 5장)

《로미오와 줄리엣》 극 전체를 시각화한다면 어떤 색깔일까? 두 주인공의 뜨거운 열정을 상징하는 붉은색, 아니면 아름답고 순수한 사랑을 상징하는 순백색일지도 모르겠다. 셰익스피어는 오로지 글솜씨 하나만으로 마치 눈앞에 장면을 펼치듯 자연과 사랑의 어우러짐을 섬세하게 그려냈다. 일례로, 극 중 분위기와 주인공의 마음을 투영하는 이미지 중에 '빛'이 있다. 타오르는 불꽃처럼 열정적인 빛, 혹은 밤하늘에 반짝이는 별빛 등 빛에 빗댄 표현을 통해 두 연인의 사랑은 더욱 아름답게 반짝인다.

로미오

천상에 가장 빼어난 별 두 개가

그녀의 눈에게 말하네, 볼 일이 있어 대신 반짝여 달라고.

그녀의 눈이 하늘 위에,
별이 그녀의 머리에 있으면 어떨까.
그녀의 눈부신 뺨 앞에서 별들도 빛을 잃을지 몰라.
그녀의 눈이 하늘에 있다면 어디든 밝게 비춰
새들이 밤이 아닌 줄 알고 지저귀며 노래할 정도일 거야. (2막 2장)

우리는 극진히 사랑하는 대상을 두고 '눈에 넣어도 아프지 않다' 라는 관용구를 쓴다. 영어권에도 'apple of my eye' 라는 비슷한 말이 있다. 로미오도 빛의 이미지를 빌려 줄리엣의 눈을 찬양한다. 그가 바라본 그녀의 눈이 얼마나 아름답게 반짝였으면 '새들이 밤이 아닌 줄 알고 지저귀며 노래할 정도' 라고 표현했을까. 이는 사랑에 빠진 이가 할 수 있는 가장 흔하면서도 효과적인 표현이어서 듣는 이들의 가슴도 뛰게 한다.

줄리엣

온화한 밤이여 오라.
내 로미오를 주렴. 죽을 때면
그를 작은 별 조각으로 쪼개 주렴.
그럼 그는 하늘을 아름답게 비추어
온 세상이 밤을 사랑하게 되고
태양은 숭배하지 않게 되겠지. (3막 2장)

로미오와 마찬가지로 줄리엣의 감정 표현에도 빛이 들어간다. 이러한 심상의 활용은 분위기를 더욱 애틋하게 만든다. 작품 내에서 빛은 햇빛, 달빛, 별빛, 일출, 일몰, 유성, 촛불 등 다양한 형태로 구현되어 있다.

② 명암의 대비

> 모든 밤은 낮이다, 당신을 보기 전까지는.
>
> – 셰익스피어, 《소네트》 중 43번

> **로미오**
>
> 날이 환히 밝아올수록 우리의 슬픔은 더 어두워지는구나. (3막 5장)

낮과 밤이 있는 것처럼, 자연의 법칙에는 빛과 어둠이 공존한다. 이 당연한 사실이 셰익스피어를 거치니 절절한 사랑을 고백하는 아름다운 문장이 되었다. 이렇게 셰익스피어는 명암의 대조를 활용해 소네트와 희곡 작품들에 사랑의 순수함과 고통을 표현했다. 《로미오와 줄리엣》에서도 두 연인의 사랑과 비극적 결말을 이 명암 대조법으로 나타냈다.

셰익스피어는 작품에 빛뿐만 아니라 어둠, 구름, 밤, 묘지 등 직관적인 이미지의 어휘를 사용함으로써 눈부시게 반짝였지만 결국 죽음으로 끝을 맺은 안타까운 사랑을 효과적으로 표현했다.

로미오

저 숙녀분이 친구들과 있는 모습을 보니

흰 비둘기가 까마귀 무리와 노는 것을 보는 것 같아. (1막 5장)

줄리엣

까마귀 등에 갓 내린 눈보다 더 희게

사랑스러운 밤의 날개로 제게 오시는 그대여. (3막 2장)

이 두 대사에 드러나는 색감은 마치 그들의 운명을 미리 보여주는 듯하다. 흑과 백의 대조는 그들의 순수한 사랑과 비극적인 죽음을 떠올리게 한다. 이처럼 셰익스피어는 시각적 장치를 사용하여 극 중 인물의 감정과 분위기를 더욱 풍성하게 한다.

6. 영어 놀이

유머는 외국어로 옮길 때 가장 먼저 사라져 버리는 재능이다.

– 버지니아 울프

셰익스피어는 희곡을 집필하며 '영어'라는 언어 자체를 소재로 다양한 놀이를 시도했다. 그 흔적은 그의 작품 곳곳에 남아 있는데, 《로미오와 줄리엣》에서도 찾아볼 수 있다.

언어유희(言語遊戲, word play)

1. 말이나 글자를 소재로 하는 놀이. 말 잇기, 어려운 말 외우기, 새말 만들기 등이 있다.
2. 내용 없는 미사여구나 현학적인 말을 늘어놓는 일.

언어유희는 '말장난'이라고도 한다. 언어 체계가 정립된 나라라면 쉽게 그곳의 말장난을 접할 수 있다. 셰익스피어는 옛 영어를 활용한 특유의 말장난을 자주 작품 속에 녹여냈는데, 주로 동음이의어•나 다의어•를 많이 사용했다.

이 기법은 당시 희곡을 무대로 접하던 관객들에게 상당한 재미 요소였을 것이다. 다만 셰익스피어의 희곡처럼 영어로 쓰인 작품은 원어가 가지는 뜻을 알고 있는 사람만이 그 재치를 직관적으로 이해할 수 있다. 버지니아 울프의 말대로 다른 언어를 사용하는 독자들은 아무래도 이 말장난 기법 속에 숨은 셰익스피어 특유의 글

- **동음이의어**(同音異義語) 문자 그대로의 모양, 읽는 방법은 같으나 문자의 의미나 뜻이 다른 낱말.
- **다의어**(多義語) 하나의 단어가 여러 가지 뜻을 가지는 낱말. 의미상 관련성이 있다는 점에서 동음이의어와 차이가 있다.

맛이나 가치를 온전히 느끼기 어렵다. 다음 로미오의 대사를 보며 이를 극복해 보자.

로미오

파리는 그것을 할 수 있는데, 나는 여기서 도망쳐야 합니다.

그들은 자유의 몸이지만 나는 쫓겨나는 신세니까요. (3막 3장)

티볼트를 죽인 로미오는 베로나에서 추방당한다. 이로 인해 더 이상 줄리엣 곁에 있을 수 없게 된 로미오가 절망스러운 심정을 토로하는 장면에서 "Flies may do this, but I from this must fly(파리는 그것을 할 수 있는데, 나는 여기서 도망쳐야 합니다)."라는 대사가 등장한다. 이 표현은 'Fly'라는 어휘를 활용한 언어유희라고 볼 수 있다. 'Fly'는 명사로는 '파리', 동사로는 '날다'라는 뜻을 가진 동음이의어이다. 로미오는 사랑하는 줄리엣을 두고 멀리 추방지로 '날아가야(fly)' 하기에, 차라리 베로나에 남을 수 있는 '파리(flies, 복수형)'가 되는 편이 낫겠다며 자신의 처지를 토로하고 있다.

7. 《로미오와 줄리엣》 리메이크

《로미오와 줄리엣》은 인기가 많은 만큼 현대에도 꾸준히 재조명되고 있다. 시대와 매체의 특성, 대중의 관심 분야에 따라 평이 나뉘는 점이 흥미롭다. 각색된 작품을 그 자체로, 혹은 시대적 배경을 고려하여 분석하는 일은 셰익스피어를 사랑하는 이들에게 또 하나의 흥미로운 과제가 된다. 그중 제작자의 독특한 개성이 반영되어 개작된 몇 가지 작품을 소개한다.

① <로미오+줄리엣>(1996)

바즈 루어만 감독의 〈로미오+줄리엣〉은 원작을 개작한 영상물 중 가장 특이한 사례로 평가받는데, 그 이유는 다음과 같다.

첫째로 감독은 작품의 시대적 배경을 16세기 이탈리아 베로나에서 20세기 미국 서부로 옮겨 왔다. 이 때문에 두 원수 가문은 서로 칼 대신 총을 겨누고, 로미오는 화려한 캘리포니아의 도시에서 광활한 서부의 사막 한가운데로 추방된다.

둘째는 대사이다. 고전의 현대화라면 으레 인물들의 대사 또한 현대적으로 바뀌었을 거라 기대한다. 하지만 감독은 이 점을 비틀어 처음부터 끝까지 영화 속 대사를 셰익스피어가 쓴 고전 영어 그대로 사용했다. 덕분에 우리는 90년대의 인물들이 난데없이 사극 말투로 대화하는 장면을 볼 수 있다. 이 시도를 두고 '모순적이고 어색하다', '현실적이지 못해 부자연스럽다'라고 평하는 사람이 있는가 하면, '시대극과 현대극의 절묘한 조화다', '고전의 멋스러움을 느낄 수 있다'라고 긍정적인 평을 하는 사람도 있다. 이 외에 셰익스피어 특유의 사랑의 시각적 표현을 영상미로 극대화한 점 또한 좋은 평가를 받았다.

② <웨스트 사이드 스토리>(1961)

《로미오와 줄리엣》은 오페라, 뮤지컬 등 공연 예술 분야에서도 여러 번 활용되었다. 〈웨스트 사이드 스토리〉가 그중 하나이다. 뮤지컬 〈웨스트 사이드 스토리〉는 1957년 처음 상연됐는데, 이를 1961년에 로버트 와이즈와 제롬 로빈스가, 2021년에 스티븐 스필버그가 영화화했다. 이 작품들은 《로미오와 줄리엣》을 원작으로 등장인물, 배경, 결말 등에 조금씩 변화를 준 창작물이다. 이탈리아 베로나는 1950년대 미국 뉴욕 맨해튼 한가운데가 되고, 몬테규와 캐퓰릿 가문은 각각 백인 청년들의 '제트파' 패거리와 푸에르토리코 이민자 출신들의 '샤크파' 패거리가 된다. 이러한 시대적·공간적·인종적 배경 변화는 당시 만발했던, 그리고 현재에도 미국의 가장 큰 이슈 중 하나인 인종차별 문제를 풍자하는 역할을 했다. 이렇듯 이 작품은 원작보다도 한층 더 무거운 주제를 다루고 있지만, 작곡가 레너드 번스타인의 웅장하고도 감미로운 음악이 작품 전체 분위기의 균형을 잡아준다.

③ <로잘린>(2022)

이 영화는 줄리엣 대신 그녀를 만나기 전 로미오가 애타게 구애하던 여인 로잘린을 주인공으로 내세웠다. 카렌 메인 감독은 《로미오와 줄리엣》에서 초반에 이름만 언급되던 단역에 스포트라이트를 비춰 원작을 좋아했던 대중들이라면 한 번쯤 상상해 봤을 로잘린의 운명을 영화적 상상력을 동원해 스크린 속에서 재탄생시켰다. 영화 속 로잘린은 줄리엣을 만난 후 돌변한 로미오의 태도에 상처받고 혼란스러워하는데, 사랑을 되찾기 위한 계획을 짜는 도중 우연히 만난 한 남성과 함께 온갖 모험에 휘말리게 된다.

로미오와 줄리엣은 조연으로 등장하여 원작에 대한 새로운 관점을 부여한다. 영화 속 공간 설정이나 복장은 중세를 따랐지만, 인물의 성격이나 대사는 21세기 청소년을 기준으로 설정한 점에서 이질감과 개성이 드러난다. 유쾌하고 저돌적인 주인공의 언행은 연애에 실패하고 새 친구를 만나며 성장해 가는 현대 성장물 속 전형적인 십 대를 보는 듯하다.

8. 다른 사랑 이야기와의 차별점

셰익스피어가 창작한 낭만적인 사랑 이야기는 행복한 결혼으로 끝을 맺는 경우가 많다. 대표적으로 이 작품과 비슷한 시기에 쓰인 《한여름 밤의 꿈》이 그렇다. 하지만 셰익스피어는 로미오와 줄리엣, 이 어린 연인들의 사랑만큼은 안타까운 비극으로 유도한다. 덕분에 이 작품은 희극적 요소와 비극적 결말을 동시에 가지게 됐고, 이는 관객들이 안타까움과 카타르시스를 동시에 느끼게 하는 장치로서 작용한다. 셰익스피어의 희극 대부분이 기쁨, 삶에 대한 행복감, 설렘, 낭만 등을 보여주었다면, 《로미오와 줄리엣》은 죽음을 통해 무모하지만 순수하고 숭고한 사랑이 무엇인지 보여준다.

생각할 거리

1. 《로미오와 줄리엣》은 두 주인공이 모두 죽음을 맞는 비극으로 끝을 맺는다. 자신이 작가가 되었다고 가정하고, 이와 다른 결말을 상상해 보자.

2. 《로미오와 줄리엣》이 세기의 사랑 이야기로 불리는 이유는 무엇인지 말해 보자.

3. 작품 속 주인공들은 어리고 순수한 젊은이들이다. 그들의 작중 나이는 몇 살이었을지 짐작해 보고, 그렇게 생각한 이유를 말해보자.

4. 로미오와 줄리엣이 서로 마음을 고백할 때, 비유를 많이 사용한다. 이 중 마음에 드는 비유법을 찾아보고 그 이유를 말해보자.

베니스의 상인

The Merchant of Venice, 1597

Then must the Jew be merciful.

유대인은 자비를 베푸는 사람이 되시오. (4막 1장)

《베니스의 상인》은 오늘날까지도 가장 인기 있는 희극 중 하나로 꼽힌다. 의리 넘치는 우정, 내면을 중시하는 사랑, 편견으로 가득한 두 집단의 혐오와 복수, 이 모든 것을 아우르는 마지막 판결까지. 작품을 읽은 후 생각해 볼 만한 주제 또한 무궁무진하다. 이 작품을 통해 '인간이란 어떤 존재이며, 어떻게 살 것인가?'라는 질문에 다양한 관점으로 답해볼 수 있을 것이다.

1. 줄거리와 등장인물

① 줄거리

《베니스의 상인》은 두 가지의 이야기가 각각 전개되는 형식을 띠고 있다. 극 초반에는 금전적 거래가 오가는 현실적인 이야기와 사랑이 맺어지는 낭만적인 이야기로 나뉘는데, 극 후반에 다다라 이 두 갈래가 법정이라는 공간 안에서 자연스럽게 엮이며 특유의 긴장감과 재미를 부여한다.

첫 번째 이야기는 다소 억지스러운 한 계약에 관한 내용이다. 베니스의 상인 안토니오는 부잣집 아가씨 포샤와 결혼하기 위해 돈이 필요했던 친구 바사니오를 위해 돈을 빌려야 할 상황에 처한다. 문제는 그가 돈을 빌리는 대상이다. 안토니오는 평소 경멸하는 유대인 고리대금업자 샤일록에게 돈을 빌려야 했다. 그런데 유대인이라는 이유로 온갖 멸시와 천대를 받아왔던 샤일록에게는 이 일이 더할 나위 없이 좋은 기회가 된다. 샤일록은 복수심을 품고 그에게 돈을 기한 내로 갚지 못하면 살 1파운드를 떼어 달라는 조건을 내건다. 친구를 위해 마음이 급했던 안토니오는 어쩔 수 없이 이 조건에 동의하고 계약을 맺는다.

두 번째 이야기는 안토니오가 터무니없는 계약까지 맺어가며 도우려 하는 바사니오와 그의 짝 포샤의 낭만적인 사랑 이야기이다. 벨몬트의 부유한 상속녀 포샤는 아버지의 특이한 유언에 따라 정혼을 해야 하는 자신의 처지에 낙담한다. 금, 은, 납으로 만들어진 세 상자 중 유언에 맞는 상자를 선택하는 구혼자만이 결혼 승낙을 받을 수 있기 때문이었다. 먼저 모로코의 왕자가 찾아와 금 상자를 선택했고, 그다음 순서인 아라곤의 왕자는 은 상자를 골랐다. 그러나 두 사람 모두 시험을 통과하지 못하고 돌아간다. 그리고 마지막 차례였던 바사니오가 정답인 납 상자를 골라 시험에 통과하게 된다.

이에 이어 바사니오의 친구 그라시아노와 포샤의 시녀 네리사도 결혼을 약속한다. 포샤는 바사니오에게 반지를 주면서 무슨 일이 있더라도 절대 다른 사람에게 넘기면 안 된다는 약속을 받는다.

이후 이 두 이야기는 안토니오 소유의 상선이 모두 난파됐다는 소식으로 그가 기한 내 돈을 갚지 못하게 되면서 합쳐진다. 이때 샤일록은 딸 제시카가 바사니오의 친구이자 기독교인인 로렌조와 사랑에 빠져 자신의 돈을 훔친 뒤 벨몬트로 야반도주하는 바람에 극도로 분노한 상태였다. 그러던 와중에 안토니오가 약속을 지키지 못하게 된 것을 알자 집요하게 살 1파운드를 요구한다. 이는 곧 그에게 목숨을 내놓으라는 말과 같았다.

자신을 도와주다 친구가 곤경에 처한 것을 안 바사니오는 포샤에게 상황을 설명한 후 급히 베니스로 떠난다. 바사니오는 샤일록에게 돈을 갚겠다고 말하지만, 샤일록은 기한을 넘겼다는 이유로 계약 내용대로 할 것을 주장한다. 이에 결국 재판이 열리게 된다.

법대로라면 안토니오는 꼼짝없이 목숨을 잃어야 하기에, 재판장 발타자르는 샤일록에게 자비를 베풀라 설득한다. 그러나 샤일록은 반드시 법대로 판결해 줄 것을 요구하며, 자신이 그동안 받아온 무자비한 차별에 대해 역설한다. 그러자 발타자르는 계약대로 안토니오의 살을 가져가도 좋지만, 단 한 방울의 피도 흘리지 말아야 한다는 판결을 내린다. 이에 판세는 역전되고, 샤일록이 거꾸로 재판장에게 자비를 구해야 하는 상황에 처한다. 결국 샤일록은 재산 몰수형을 받게 될 위기에 처하는데, 안토니오가 나서서 형의 철회를 요청하고 자신이 피해 보상으로 받게 될 샤일록의 재산 절반도 제시카와 로렌조의 결혼 자금으로 주겠다고 이야기한다. 대신 샤일록은 기독교로 개종하고, 죽은 뒤 전 재산을 제시카와 로렌조 부부에게 상속할 것을 약속하게 된다.

재판이 끝난 후 발타자르는 판결에 대한 사례로 바사니오와 그라시아노가 낀 반지를 요구한다. 바사니오는 판결을 번복하겠다는 발타자르의 말에 결국 반지를 건네고 만다. 이를 안 포샤는 바사니오에게 책임을 묻고, 안토니오는 친구들을 변호한다. 이때, 분명 바사니오가 재판장에게 건넨 반지를 포샤가 다시 그에게 돌려주면서 그녀가 바로 재판장 발타자르였다는 것이 밝혀진다. 오해가 풀린 뒤, 안토니오의 상선들이 난파됐다는 이야기도 헛소문이었던 것으로 밝혀지고 이를 다 함께 기뻐하며 막을 내린다.

② 등장인물

안토니오

상인. 작품의 제목인 '베니스의 상인'이 그를 가리킨다는 해석이 지배적이다.

샤일록

유대인 고리대금업자. 안토니오와는 원수 사이로, 안토니오가 어쩔 수 없이 돈을 빌리러 오자 복수심에 찬 거래를 제안한다.

바사니오

안토니오의 친구. 부유한 상속녀 포샤에게 청혼을 하기 위해 안토니오에게 돈을 빌린다. 포샤 아버지의 유언에 따라 상자 시험에 통과하여 포샤와 결혼한다.

포샤

벨몬트의 부유한 집안 상속인. 아름답고 영리하다. 샤일록과의 일로 궁지에 몰린 안토니오를 구하기 위해 재판장으로 변장하고 사건을 해결한다.

네리사

포샤의 시녀. 포샤와 함께 남장을 하고 재판의 서기가 되어 사건 해결을 돕는다.

그라시아노

안토니오와 바사니오의 친구. 네리사와 결혼한다.

제시카

샤일록의 딸. 로렌조와 사랑에 빠져 개종한 뒤 아버지의 재산을 훔쳐 달아난다.

모로코 왕자

포샤의 첫 번째 구혼자. 상자 시험에서 금 상자를 골라 시험에서 떨어진다.

아라곤 왕자

포샤의 두 번째 구혼자. 상자 시험에서 은 상자를 골라 시험에서 떨어진다.

2. 법률 희곡의 매력

> 이 극은 희극도, 비극도, 물론 사극도 그 어느 것도 아니다. 다양한 법적 쟁점을 극적으로 제시하여 법학도들의 토론 거리로 만든 드라마적 성격이 강하다. 굳이 분류가 필요하다면 '법률 우화'라고 할 수 있을 것이다.
>
> – 안경환, 《법, 셰익스피어를 입다》 중에서

2022년에 자폐 스펙트럼 장애가 있는 변호사가 사회의 편견에 당당히 맞서며 법의 사각지대에서 고통받고 있는 사람들을 돕는 내용의 드라마가 방영되어 사회적으로 큰 반향을 일으킨 적이 있었다. 이 드라마는 기존의 법정물과는 다른 점이 있다. 진중한 재판 장면이 매회 나오지만, 자폐 스펙트럼 장애로 인해 사람을 대하는 방법이 서투른 주인공의 성장기를 주요 스토리로 삼았다. 이 차이는 시청자들이 재판 과정과 법의 심판을 통해 선과 악 사이에 명확한 선을 긋는 것보다 저마다의 인생살이와 인간관계 맺기의 중요성에 더 집중하도록 하는 효과가 있었다. 덕분에 이 드라마는 그해 많은 사랑을 받았다.

정의와 법을 다루는 이야기는 시대를 막론하고 사람들의 많은 관심을 받는다. 법정이라는 공간적 배경은 문학적 관점에서는 '권선징악(勸善懲惡)'의 결과를 가장 극적으로 펼쳐 보이는 장소가 되고, 관객의 관점에서는 '정의는 살아 있다'라는 카타르시스를 느끼게 해주는 가장 효과적인 장소가 된다. 셰익스피어는 이와 같은 효과를 이미 알고 있었던 듯 정의, 복수, 편견 등 사람들의 관심을 끌 만한 요소들을 포함해 엮은 법정에서의 재판 이야기를 흥미롭게 그려냈다. 그뿐만 아니라 셰익스피어의 희곡에 자주 등장하는 젊은이들의 우정과 사랑을 극의 한 줄기로 구성하여 전체적인 스토리에 유쾌함을 더했다. 이처럼 《베니스의 상인》은 위에 인용한 안경환의 글처럼 '법률 우화'의 속성을 띠고 법을 통해 인간의 깊은 내면을 들여다보면서도 재미 요소 또한 놓치지 않은 휴먼 드라마라고 볼 수 있다.

3. 몇 가지 키워드

《베니스의 상인》은 편견, 갈등, 복수, 정의, 거래 등 인종적·역사적·사회적·경제적으로 얽힌 다양한 주제 요소를 품고 있다. 또한 법정이라는 특수한 무대를 설정하고, 등장인물의 대사를 빌려 인간의 도덕적 가치에 대해 직접적으로 이야기하고 있다.

작품에서 법의 개입은 오랜 원수지간인 샤일록과 안토니오 사이에 사적 거래가 이루어지며 시작된다. 샤일록은 안토니오에게 증오심을 품고 계약을 위반할 시 자신이 원하는 부위의 살 1파운드를 달라 요구하고, 안토니오는 그에 대한 반발심으로 이 반인륜적 거래를 받아들인다. 그러나 안토니오는 약속한 상환 기한을 맞추지 못할 상황에 처하고, 결국 살 1파운드를 두고 베니스 법정에서의 공방이 벌어진다. 이 법정 싸움은 극의 4막 내내 진행되는데, 이 과정에서 등장인물들이 가장 많이 언급하는 키워드 두 가지가 있다. 바로 '정의'와 '자비'이다.

① 정의(正義)를 정의(定義)하다

현대사회는 정의를 추구한다. 하버드대학교 교수 마이클 샌델은 정치 철학서 《정의란 무엇인가》에서 자신의 실제 강의를 기반으로 현실에서 마주하는 도덕적 딜레마에 대한 다양한 시각을 정리했다. 샌델의 강의와 저서는 옳고 그름을 가늠하는 기준을 개인과 사회가 어떻게 세울 것인지, 진정 공정한 처사는 어떻게 내릴 것인지 하나의 정답이 아닌 상황에 따른 둘 이상의 가능성을 제시하여 우리나라를 포함한 전 세계에서 큰 호응을 얻었다.

21세기 사회의 미덕은 '정의로움'이라는 것을 증명하듯, 우리는 '정의감이 불탄다', '불의를 보면 참지 못한다' 등의 표현을 쉽게 접할 수 있다. 그렇다면 도덕적으로 옳다고 말할 수 있는 정의의 기준은 무엇인지, 먼저 정의(正義)를 우리말과 영어로 정의(定義)해 보자.

정의(正義, justice)

사회를 구성하고 유지하는 공정한 도리. 진리에 맞는 올바른 의의.

· 유의어: 공정, 도리, 의

· 영어 풀이: the condition of being morally correct or fair

플라톤의 철학에 따르면 정의란 '지혜, 용기, 절제의 완전한 조화'를 일컫는다고 한다. 이 세 가지 가치가 지금도 중요하게 여겨지는 것을 볼 때, 정의 또한 사람과 그 사람들로 구성된 사회의 의지와 노력으로 실현되는 것은 틀림없는 듯하다.

여기서 정의를 가리키는 영어 단어 'justice'의 문법적 성질을 한 번 살펴보자. 단어의 앞부분 just는 보통 영어 회화에서 '단지', '그냥'의 뜻으로 사용된다. 동시에 just에는 fair, 즉 '옳은', '공정한'이라는 뜻도 존재한다. 이 just의 라틴어 어원 jus-는 '권리', '법'을 뜻하며 '딱 맞아 떨어지는'이라는 의미도 있다.

즉 정의란 사람이 귀하게 여기는 가치이며, 그 가치가 고르게 분배되는 사회가 정의로운 사회라고 생각해 볼 수 있다. 그렇다면 《베니스의 상인》에서 '정의'라는 말에 가장 잘 어울리는 인물과 가장 거리가 먼 인물은 누구일까? 이에 대해 셰익스피어는 여러 가지 답을 남겨놓았다.

작품에서 전형적인 안타고니스트(주인공에 대립하거나 적대적인 관계를 맺는 인물)로 활약하는 샤일록이 주장하는 정의는 《함무라비법전》과 《구약성경》에서 말하는 것과 같이 법에 의한 공정한 심판이 철저하게 이행되어야 한다는 것이다. 물론 이 주장에는 개인적인 복수심과 기독교인들에 대한 뿌리 깊은 증오도 포함되어 있다. 유대인이며 고리대금업자인 샤일록은 안토니오가 채무 계약을 이행하지 못했으니, 차용증서대로 그의 살 1파운드를 떼어내야 한다고 강력히 주장한다.

샤일록

안식일을 걸고 맹세했습니다.

무슨 일이 있어도 차용증서에 명시된 내용대로

빚진 담보를 받아야겠습니다.

이를 공작님께서 부정하시면

이 도시의 법과 시민권에 큰 지장이 있을 것입니다. (4막 1장)

하지만 이 주장은 샤일록을 피도 눈물도 없는 악인으로 만드는 결정적인 요인이 된다. 왜냐하면 그는 원시 또는 고대사회에서나 강조되던 '시대에 뒤떨어진' 정의를 고집하고 있기 때문이다. 《함무라비법전》의 "눈에는 눈, 이에는 이"라는 유명한 구절이 증명하듯이, 초기의 정의는 복수의 성격을 강하게 띤다. 《구약성경》의 〈출애굽기〉에도 이와 비슷한 "눈은 눈으로, 이는 이로, 손은 손으로, 발은 발로, 덴 것은 덴 것으로, 상하게 한 것은 상함으로, 때린 것은 때림으로 갚을지라."라는 구절이 있다.

반면 근대 이후의 사회는 공익을 보호하고 실현하기를 우선한다. 따라서 보복 이전에 인간의 미덕과 조화를 강조하는 정의가 자리를 잡았다. 《베니스의 상인》은 이러한 사고가 당연시되는 시대를 배경으로 하고 있으며, 합법적인 법 절차 또한 이 개념을 간과하지 않는다. 이는 주변 인물의 대사를 통해 확인할 수 있다.

솔라니오

설마 공작님께서 그런 계약 이행을 허락하실까. (3막 3장)

바사니오

공작님의 직권으로 위대한 정의 실현을 위해

법의 힘을 이번 한 번만 어겨주실 것을 간청합니다.
이 극악무도한 악마의 의도를 꺾어주세요. (4막 1장)

바사니오는 재판장에게 진정한 정의의 관념은 공동체 내에서 인간이 추구하는 보편적 가치를 따라야 한다고 호소한다. 하지만 샤일록은 꿋꿋이 옛법에 의한 통치를 요구하며 자신을 스스로 정의로운 사람과는 거리가 먼 인물로 인식하게 만든다.

샤일록

나는 맹세를 했어.
증서에 적힌 대로 시행하고야 말 거라고.
이유도 없이 나를 개라고 불렀지.
그래, 나는 개니까 내 이빨 조심해.
공작님도 법대로 처리하실 수밖에 없을 테니까. (3막 3장)

사실 이 비뚤어진 정의에 대한 호소는 그가 인종과 직업으로 인해 당해왔던 차별에 대한 설움과 복수심 때문일 것이다. 하지만 이미 유대인과 고리대금업자에 대한 비합리적인 차별과 혐오의 뿌리가 깊은 상태에서, 작품 속 기독교인들은 '역시 저 유대인은 우리가 생각했던 대로 상식적이지 못하며 그저 복수에만 눈이 먼 망나니구나'라고 재확신할 수밖에 없다.

샤일록

공작님은 제가 왜 3000두카트를 받지 않고
썩은 살덩이를 원하는지 궁금하시겠죠.
그 질문에 대답은 하지 않겠어요.
제 기분이 그렇다고 하면 어떨까요? (중략)
안토니오에 대한 말할 수 없는 오랜 증오와 혐오.
이것 외에는 제가 손해 보는 소송을 하는 이유가
마땅히 없네요. 아시겠어요? (4막 1장)

명쾌한 반전으로 결국 안토니오의 목숨을 살린 재판장 포샤(발타자르)도 정의가 가진 힘에 대해 다시 한번 설명한다.

포샤 (발타자르로 변장한)

그러면 어쩔 수 없다.
저 사람의 가슴에 댈 칼을 준비하라.
이 법정의 취지와 목적을 볼 때
증서에 명시되어 있는 대로
올바르게 판정하노라.

샤일록

백번 옳습니다, 유능하신 판사님이시여!
젊은 판사님이 어찌 그리 훌륭하시단 말인가! (4막 1장)

이 순간, 그 유명한 판결이 등장한다. 포샤는 샤일록을 멈추며 그가 그토록 주장하던 정의의 개념과 속성을 단숨에 재정의한다.

포샤 (발타자르로 변장한)

잠깐 기다리거라.

아직 할 말이 남았다. 이 증서에 따르면

그대에게 피는 한 방울도 준다는 말이 없다.

다만 '살 1파운드'라고 쓰여 있을 뿐.

자, 그럼 증서대로 시행하거라.

살 1파운드를 가져가도록 허한다.

그러나 살을 잘라 내되

단 한 방울이라도 저 기독교인의 피를 흘리게 한다면

그대의 토지와 재산은

베니스의 법에 의해 국가에 몰수당할 것이다. (중략)

피를 흘려서는 안 된다.

살을 자르되 더도 말고 덜도 말고

꼭 정확하게 1파운드만큼이다.

만약 잘라 낸 그 무게가 조금이라도 가볍거나 무겁거나,

아주 조그만 이십 분의 일만큼의 양이라도 차이가 난다면,

혹은 저울이 머리카락 하나의 무게만큼이라도 기울어진다면

그대는 사형을 면치 못할 것이다. (4막 1장)

표면적으로 포샤의 말에는 의견의 변화가 없다. 그녀는 처음부터 끝까지 법대로 정의를 실현하라는 말로 일관한다. 그러나 계약조건에 충실히 따른 이 판결은 법정을 순식간에 뒤집어 놓는다. 아이러니하게도 이러한 포샤의 기지는 다름 아닌 샤일록에게서 힌트를 얻은 셈이다. 샤일록이 증서를 문자 그대로 해석하길 고집한 이유는 안토니오를 물리적으로 해하고 싶기 때문이다. 포샤는 그의 악의를 확인한 후 그대로 샤일록에게 갚아준 것이다. 그녀는 샤일록이 증서를 해석한 것과 같은 방식으로 그가 도저히 해결할 수 없는 비합리적인 조건(한 치의 오차도 없는 1파운드의 살만을 가져갈 것)을 내건다. 이로써 샤일록은 자기 꾀에 자기가 넘어간 처지가 된다. 본인의 가장 큰 무기라고 생각했던 '정의'였기에, 포샤의 판결 뒤에 이어지는 샤일록의 물음에는 당혹감이 느껴진다.

샤일록

그것이 법이옵니까? (4막 1장)

정의란 누군가를 살릴 수도, 죽음으로 몰아넣을 수도 있다. 안토니오는 법이 본인을 지켜주리라 생각했지만, 예상치 못한 변수와 자신에게 복수심을 품은 인물의 계략으로 인해 목숨을 내놓아야 할 위험에 처했다. 샤일록은 자신의 복수심을 채우기 위해 정의와 법의 정당성을 이용했지만, 결국 스스로의 꾀에 넘어갔다. '정의'라는 이름 앞에 목숨을 잃을 뻔했던 둘의 경험을 통해 우리는 법이 과연 무엇을 위해 존재하는지, 그리고 진정한 정의로움이란 무엇인지 다시금 생각해 보게 된다.

② 자비를 베푸소서

> 그런즉 원하는 자로 말미암음도 아니요 달음박질하는 자로 말미암음도 아니요 오직 긍휼히 여기시는 하나님으로 말미암음이니라.
>
> –《신약성경》 중 〈로마서〉 9:16

자비(慈悲, mercy)

타인을 깊이 사랑하고 가엾게 여김.

'자비'는 기독교 교리에서 가장 강조되는 덕목 중 하나이다. 영어 풀이로는 '어떤 이보다 스스로에게 권위 등의 힘이 있을 때, 그 대상을 불쌍히 여겨 벌을 미루고 사랑을 베푼다'라고 해석할 수 있으며, 'pity(연민)', 'compassion(동정심)' 등의 유의어와 함께 쓰인다. 《구약성경》에서는 정의로운 심판을 행하는 하나님을 강조하고 있다면, 《신약성경》은 죄를 용서하는 자비와 사랑의 하나님을 반복적으로 강조한다. 르네상스 시대의 종교 음악가 그레고리오 알레고리가 지은 유명한 라틴어 탄원 기도 〈주님 제게 자비를 베푸소서〉가 좋은 예시이다. 이 낭송문은 많은 성가에서 주요 노랫말로 사용되고 있으며, 하나님에게 자비를 간청하는 내용의 반복을 통해 해당 종교의 정체성을 잘 보여준다.

'정의'와 마찬가지로 '자비'는 《베니스의 상인》에서 기독교인들과 유대인의 입을 빌려 그 개념과 특징이 자세히 묘사되고 있다. 특히 증오심으로 가득 찬 샤일록, 그리고 안토니오를 비롯한 기독교 상인들의 갈등에서 마지막에 자비를 베풀 자는 누구인지, 그리고 자비의 베풂이 가장 필요한 자는 누구일지 따져보게 된다.

포샤는 이 열띤 갈등을 중재해 주는 인물이다. 바사니오와 결혼 약속을 한 그녀는 시녀 네리사와 함께 베니스로 떠난다. 그리고 정혼자의 친구, 안토니오의 목숨을 구하기 위해 재판장 발타자르로 감쪽같이 위장한 채 차분하지만 뼈 있는 언변과 연기력으로 재판을 이끌어나간다. 등장과 동시에 그녀는 자비에 대해 정의하는데, 이는 작품의 핵심을 관통하는 동시에 작가의 화려한 비유법이 효과적으로 드러나는 대사로 잘 알려져 있다.

포샤 (발타자르로 변장한)

자비란 고로 강요할 수 없는 성질의 것.

그것은 마치 하늘에서 내려오는 고마운 빗방울 같은 것.

두 배로 축복을 내려주는 것이다.

베푸는 사람과 받는 사람을 동시에 축복해 주며,

가장 큰 힘을 가진 자에게서 나올 수 있는 가장 큰 미덕이며,
왕좌에 오른 군왕이 쓰는 머리 위의 왕관보다도
더욱 군왕답게 만들어 주는 힘이 있는 것임을 기억하라. (중략)
하나님이 소유하신 미덕 중 하나로
우리가 자비로운 일을 행하는 것은
하나님의 권세를 행함에 가까워지는 일이다. (4막 1장)

이처럼 포샤는 계속해서 샤일록에게 엄정한 계약 이행의 정당성보다 자비를 베푸는 아량을 보이라 설득한다.

포샤 (발타자르로 변장한)
비록 그대가 정의를 간구하나, 기억하라.
정의만을 따르는 길에는
그 누구도 진정 구원받을 자가 없는 것을. (4막 1장)

그녀는 자비 없는 정의의 한계성을 논하고, 자비란 베푸는 자와 받는 자 모두를 축복하는 고귀한 것임을 역설하여 샤일록의 마음을 돌리려 한다. 그리고 그와 동시에 기독교 교리에서 말하는 관용과 자비의 정신에 대해 설파한다. 그러나 샤일록의 대답은 한결같다. 심지어 '베니스를 다 준다 해도 마음이 변치 않을 것'이라 외친다. 그의 대답으로 인해 기독교인들은 이미 그가 계약의 이행 여부

를 떠나서 안토니오를 해치고 싶은 마음으로 가득 차 있음을 다시 한번 깨닫는다. 이로써 자연스럽게 그를 향한 비판의 목소리는 높아지고, 결국 포샤의 지혜로운 판결로 그 후환은 샤일록에게 배로 돌아온다.

4. 샤일록은 악인인가

샤일록은 셰익스피어의 희곡에서 오늘날까지 가장 많이 연구되고 거론되는 인물 중 하나이다. 그중 상당수의 의견이 그가 단순한 평면적 악인이 아니라고 말한다. 현대에 그는 오히려 편견과 이중성으로 점철된 집단에 의한 희생양이라 평가되기도 한다.

근대 초기 유럽 사회는 기득권이 믿는 종교 외 타 종교와 인종에 대한 배타성이 심했다. 기독교적 신앙과 관습을 따르지 않는 자는 이단으로 취급하는 분위기가 주류였으며, 대표적인 경우가 유대인을 향한 것이었다. 셰익스피어의 고국 영국도 예외는 아니라서 런던 시민들의 반유대 감정이 극심했고, 그 시류가 《베니스의 상인》에 투영된 것이 아니냐는 주장 또한 우세하다.

제2차 세계대전을 논할 때 빠질 수 없는 홀로코스트를 이 작품과 연계시키는 학자들도 더러 있을 만큼, 샤일록에 대한 부정적 묘사와 비참한 말로는 역사 속 유대인들이 받았던 박해와 희생을 떠올리게 한다. 게다가 작품 속의 기독교인들은 끊임없이 정의와 자비를 외치며, 타인과 세상을 볼 때 겉으로 판단하지 말고 내면을 보는 고귀함을 지녀야 한다 말하면서도 샤일록만은 예외로 한다. 과연 그 이유가 샤일록이 정의와 자비를 논할 가치도 없을 만큼 악인이라서 그러한 것일까? 애초에 작품 속 그의 결함은 그의 성격과 행동 이전에 그가 유대인이라는 사실, 즉 그의 선천적 측면에서 시작된다.

안토니오

바사니오, 저 말을 들어봐.
이 악마 같은 놈도 제 목적을 달성하기 위해서는
《성경》마저 인용하는 게 들리나?
나쁜 놈이《성경》을 내세워 증거를 대는 건
악당이 기분 나쁘게 미소 짓는 것과 같군 그래.
속은 썩은 사과와 마찬가지로.
아, 겉과 속이 이렇게 다를 수가 있다니! (1막 3장)

돈을 빌리러 온 안토니오는 위와 같이 샤일록에게 편견 가득한 모욕을 한다. 이때 샤일록은 아직 안토니오에 대한 직접적인 살의를 대놓고 내세우지 않았던 시점이다. 그가 평소 샤일록을 어떻게 생각하는지 잘 드러나는 대목이다. 또 그의 비난은 모순적이다. 안토니오는 모두에게 사랑을 베풀어야 한다는 기독교적 가르침에 어긋나는 언행을 함으로써 처음부터 유대인에게 배타적이었음을 증명하고 있다.

《성경》은 사랑받을 사람에 예외를 두지 않는다. 하지만 기독교인을 대변하는 안토니오가 사랑을 실천하는 대상은 한정적이다. 겉으로는 사랑을 말하면서 속으로는 상대를 힐난하는 기만적인 모습은 오늘날에도 낯설지 않다. 친구에게는 한없이 너그럽지만 증오하는 사람에게는 어떠한 관용도 베풀지 않는 안토니오의 위선적인 면모에서, 셰익스피어가 가진 인간의 내면에 대한 날카로운 통찰이 엿보인다.

포샤 (발타자르로 변장한)

잠깐만, 유대인이여. 아직 법정은 그대에게 할 말이 남아 있다.
베니스의 법은 이러하다.
외국인이 직접적으로나 간접적으로나
베니스 시민의 생명을 노린 것이 증명된다면
그 외국인의 재산 절반은 생명을 뺏으려 했던 시민에게,
나머지 절반은 국가에 바쳐야 한다. (중략)
당신은 직접적으로 또는 간접적으로
피고인의 생명을 노렸던 사실이 밝혀졌다.
생명이 달린 위험한 일을 자초한 것이나 마찬가지다. (4막 1장)

포샤의 판결에 따라 샤일록은 꼼짝없이 목숨을 잃고 재산을 빼앗길 사면초가의 상황에 처한다. 그때야 기독교인들은 그들이 그렇게나 강조하던 자비를 샤일록에게 베푼다. 특히 안토니오는 그토록 증오하던, 또한 자신을 살해하려던 그의 목숨을 살려줄 것을 간청한다. 단, 두 가지 조건이 있다. 샤일록의 재산은 딸 제시카와 사위 로렌조에게 줄 것, 그리고 샤일록은 기독교로 개종할 것.

과연 이것이 진정한 자비일까? 샤일록은 안토니오와 베니스가 내린 자비로운 법적 결과에 대해 자포자기한 모습을 보인다.

샤일록

아니, 내 목숨이고 뭐고 다 가져가시오. 감면은 됐소.
집을 받치고 있는 기둥을 빼가는 것은
집을 빼앗는 것이나 마찬가지,
내 생계를 유지하는 수단을 빼가는 것은
목숨을 빼앗는 것이나 마찬가지니. (4막 1장)

그의 삶에 비춰본다면 안토니오의 '관용 넘치는' 조건을 건 생명의 보존과 형의 감면은 샤일록에게 아무런 도움도 위로도 되지 않는다. 그는 한평생 베니스 주류의 박해를 받고 살아온, 한과 억울함이 응어리져 있는 유대인이다. 하나뿐인 딸 제시카는 기독교인과 사랑에 빠져 개종한 뒤 재산을 훔쳐 달아났고, 그는 더 이상 자신의 존엄을 지킬 힘도 아군도 없다. 이러한 상황에서 안토니오의 자비는 그의 입장에서 본다면 삶의 의욕을 잃게 할 만큼 큰 모욕일지도 모른다.

샤일록

나는 유대인이오. 유대인은 눈이 없소?
유대인은 손, 오장육부, 육체, 감각, 애정, 정열이 없는 줄 아오?
유대인도 같은 음식을 먹고, 똑같이 다치고,
똑같은 병에 걸리고 나으며, 기독교인이 그러하듯
겨울에는 춥고 여름에는 덥지 않은 줄 아오?
찔려도 피가 안 나는 줄 아시오?
간지럼을 태우면 웃지 않을 것 같소?
독을 마시면 죽지 않는 줄 아시오?
모욕을 당하면 복수하려고 하지 않는 줄 아시오?
그 외 것들이 모두 당신들과 같다면,
이것 또한 우리도 똑같소.
유대인이 그리스도인을 모욕하면 그리스도인의 관용은 무엇이오?
바로 복수요. 그럼 그리스도인이 유대인을 모욕하면
유대인은 어떻게 하는 것이 맞겠소? 복수 아니겠소.
당신들이 알려준 악행을 나도 행하려 하오.
어떠한 어려움이 있더라도 반드시 행하고 말겠소. (3막 1장)

이 유명한 절규는 관객으로 하여금 앞서 언급한 정의와 자비의 개념을 되돌아보게 하는 동시에, 샤일록이 살면서 얼마나 비참한 멸시와 박해를 견뎌왔는지 상상하게 한다. 그는 인간이라면 누구나 겪는 여러 신체적·정신적·사회적 현상을 예시로 들어 자신도—비록 다수의 종교적·문화적·사회적 규범을 따르지 않더라도—해당 사회에 속한 한 인간임을 항변하고 있다. 극 초반부터 기독교인과 유대인의 다른 신념과 서로 미워하는 이유가 수도 없이 언급되었지만, 결국 모두 같은 인간이라는 이 메시지는 비록 악인의 목소리로 전달되었다 해도 독자와 관객에게 큰 울림을 준다.

생각할 거리

1. 이 작품에서 선인과 악인이라 생각되는 인물을 각각 나눠보고, 그 이유를 말해보자.

2. 만약 자신이 판사라면 작품 속 사건에 어떤 판결을 내릴 것인지 생각해 보고, 그 이유를 말해보자.

3. 작품 속 인물관계 중 가장 흥미로운 관계를 골라보자.

4. 부당한 일을 당했을 때 대처할 방법은 법의 이행, 사적 복수, 용서 등 여러 가지가 있다. 자신은 어떤 방법이 정의롭다고 생각하는지, 작품 속 등장인물의 입장을 예시로 들어 설명해 보자.

햄릿

Hamlet, 1601

There are more things in heaven and earth, Horatio,
than are dreamt of in your philosophy.
우리가 배운 철학으로는 감히 꿈꾸지도 못할 일들이 이 세상에 너무나도 많구나. (1막 5장)

20세기 영문학을 대표하는 시인 T. S. 엘리엇은 극 《햄릿》에 '문학계의 모나리자'라는 별명을 붙였다. 이는 《햄릿》이 셰익스피어가 쓴 작품 중에서도 특히 심도 있는 연구와 비평이 이루어진 작품이기도 하고, 작가 본인에게도 상당히 기념비적인 작품이었기 때문일 것이다.

이 작품은 복수, 패륜, 불신, 살인이 난무하는 덴마크 왕궁에서 홀로 고뇌하고 동요하는 햄릿의 심리적 여정을 그리고 있다. 예민한 감수성과 뜨거운 열정을 가진 젊은 왕자는 뜻하지 않게 죄와 모함, 가식과 위선으로 가득한 세계를 마주한다. 이로 인해 심리적 갈등을 겪으며 괴로워하다 마침내 비극적 결말을 맞이하는 햄릿의 이야기는 독자들의 공감을 불러일으키는 한편, 수많은 논쟁 거리를 만들기도 했다.

1. 줄거리와 등장인물

① 줄거리

어느 겨울밤, 덴마크 엘시노어 궁전의 외진 성곽에서 이야기가 시작된다. 모두에게 사랑받는 현명하고 다정한 왕자 햄릿은 한밤중에 친구 호레이시오로부터 돌아가신 아버지의 유령이 성곽에 나타났다는 말을 듣는다. 그곳으로 간 햄릿은 아버지 유령이 하는 말을 듣고 큰 충격에 빠진다. 아버지는 사실 그의 남동생, 햄릿의 숙부에 의해 억울한 죽임을 당했다는 것이다.

아버지가 죽은 후 숙부 클로디어스는 덴마크의 왕이 되었고, 햄릿의 어머니 거트루드는 숙부와 재혼했다. 아버지의 죽음에 대한 충격적인 배후를 알게 된 햄릿은 비밀스럽게 복수를 결심한다. 그는 사람들의 의심을 피하려고 일부러 미친 척하며 복수만을 생각한다. 그러나 햄릿의 내면은 점점 불안 증세를 보인다. 햄릿의 변화를 알아차린 클로디어스와 거트루드는 주변 인물들을 시켜 그를 살펴보게 한다. 주변인들의 행동 변화를 느낀 햄릿은 자신을 감시하는 것을 눈치채고 더욱 불안해진 나머지 연인 오필리어에게 마저 모진 말을 한다.

불신이 절정에 다른 햄릿은 유령이 진실을 말하고 있는지에 대해서도 의심하기 시작한다. 그는 증거를 얻기 위해 아버지가 숙부에게 독살당하는 장면을 재현하는 내용의 연극을 열어 숙부의 반응을 살피기로 한다. 그는 연극을 관람하는 클로디어스의 반응을 보고 유령의 말이 사실이었음을 확신한다. 그러나 복수를 실행하려던 햄릿은 클로디어스가 죄책감에 못 이겨 자신이 저지른 죄를 회개하는 기도를 듣게 되고, 망설이다 결국 복수를 미룬다. 클로디어스는 햄릿에게서 위협을 느끼고 그를 몰래 영국으로 보내버릴 계획을 세운다.

복수를 실행하는 대신 햄릿은 어머니에게 원망을 토로한다. 그러다 커튼 뒤에 숨은 자를 발견하고, 그를 클로디어스로 착각해 죽이고 만다. 그러나 죽은 이는 오필리어의 아버지이자 햄릿을 감시하라는 명령을 받은 폴로니우스였다. 이 소식을 들은 오필리어는 연속된 절망으로 미쳐버리고 호수에 빠져 죽는다. 햄릿은 오필리어의 장례 행렬에 달려들며 오열한다. 오필리어의 오빠 레어티스는 그 광경을 보고 복수심에 햄릿에게 결투를 신청한다.

햄릿을 제거할 좋은 기회라고 여긴 클로디어스는 레어티스의 칼에 독을 발라놓고, 계획이 실패할 경우를 대비해 햄릿에게 건넬 잔에도 독을 바른다. 그러나 목숨을 건 결투 중 거트루드가 독이 든 잔을 마셔버려 숨을 거둔다. 그리고 결투가 끝난 후, 레어티스는 클로디어스의 악행을 모두 털어놓은 뒤 자신의 검에 묻은 독에 의해 죽는다. 레어티스가 숨을 거두기 전 이미 검에 맞은 햄릿은 죽어가며 숙부를 독 묻은 검으로 찌르고 독이 든 잔을 마시게 하여 복수를 실행한다. 클로디어스가 죽은 후 햄릿도 뒤이어 숨을 거둔다. 그 후 노르웨이의 왕자 포틴브라스가 왕위를 잇게 되며, 햄릿의 유언대로 호레이시오는 햄릿의 이야기를 포틴브라스를 비롯한 살아 있는 이들에게 전달한다.

② 등장인물

햄릿

덴마크의 왕자. 유령으로부터 아버지의 죽음에 대한 진상을 듣고 충격에 빠진다. 그 이후로 아버지를 죽인 클로디어스에게 복수하기 위해 주변 사람들에게 본 모습을 숨기고 미친 척한다.

클로디어스

햄릿의 숙부이자 덴마크의 왕. 친형을 독약으로 죽이고 형의 부인을 왕비로 맞아 왕위를 찬탈했다. 달라진 햄릿의 행동을 수상하게 여겨 감시할 사람을 붙이고 그를 죽일 음모를 꾸민다.

유령

햄릿의 아버지이자 덴마크의 선왕. 망령이 되어 햄릿 앞에 나타나 자신의 죽음에 대한 진상을 밝히고 복수해 줄 것을 부탁한다.

거트루드

햄릿의 어머니이자 덴마크의 왕비. 남편이 죽은 지 얼마 되지 않아

남편의 동생인 클로디어스와 재혼하여 햄릿이 배신감을 느끼게 한다.

오필리어

햄릿의 연인. 폴로니어스의 딸이자 레어티스의 동생. 햄릿을 진심으로 연모하던 사랑스러운 여인이었으나, 햄릿의 돌변한 태도와 아버지의 갑작스러운 죽음을 연달아 겪으며 상심한 나머지 실성한 채로 호수에 빠져 죽는다.

폴로니어스

오필리어와 레어티스의 아버지이자 덴마크 왕을 보필하는 신하. 커튼 뒤에서 거트루드와 햄릿의 이야기를 엿듣다 소리를 내버려 들키고, 클로디어스가 숨은 것이라 착각한 햄릿에게 죽임을 당한다.

레어티스

폴로니어스의 아들이자 오필리어의 오빠. 아버지가 햄릿에게 살해당했다는 소식을 듣고 유학 중 덴마크로 돌아와 햄릿과 결투를 벌인다. 독이 묻은 칼로 햄릿을 베고 자신도 죽는다.

호레이시오

햄릿의 친구. 모두를 믿지 못하는 햄릿이 그나마 신뢰하는 인물.

햄릿이 죽어가며 남기는 유언을 들어주는 친구이기도 하다.

로젠크란츠 & 길든스턴

햄릿의 대학 친구들. 클로디어스의 명령을 받고 햄릿을 감시하는 역할을 맡아 햄릿의 불신을 산다.

포틴브라스

노르웨이 왕자. 햄릿이 죽고 난 후 왕국의 통치권을 이어받는다.

2. 창작 배경

셰익스피어는 흔히 그의 전성기라 불리는 비극 저술의 시기(1590년대 후반~1600년대 초반)에 《햄릿》을 집필했다. 《햄릿》은 4대 비극 중 가장 먼저* 완성되었으며, 29551개나 되는 단어로 이루어져 가장 길게 쓰인 작품으로 알려져 있다. 원전은 여러 가지가 있으나 가장 잘 알려진 것은 13세기 덴마크에서 전해져 내려오는 〈암릿 왕자 이야기〉이며, 전체적인 내용은 동일하다.

* 《햄릿》이 1601년에 먼저 완성되었고, 그 뒤를 《오셀로》(1604), 《리어왕》(1605), 《맥베스》(1605~1606)가 이었다.

우리는 어떤 형태로든 글을 쓸 때, 자기 삶의 자취와 경험이 글에 반영된다는 것을 종종 느낀다. 《햄릿》 또한 작가의 자전적 요소가 일부 있다. 극의 제목이자 주인공의 이름이기도 한 햄릿은 셰익스피어가 병으로 먼저 떠나보낸 외동아들의 이름 '햄넷(Hamnet)'* 과 유사하다. 저명한 셰익스피어 연구가 스티븐 그린블랫은 셰익스피어에 대한 책 《세계를 향한 의지: 망자와의 대화》에서 셰익스피어가 가졌을 상실감을 추측했다.

> 셰익스피어는 1600년 후반과 1601년 초반 그의 죽은 아들과 이름이 같은 어느 파멸한 영웅에 대한 비극을 쓰려고 자리에 앉아, 그 일에 대해 깊이 생각했음이 틀림없다.
>
> – 스티븐 그린블랫, 《세계를 향한 의지: 망자와의 대화》 중에서

실제로 《햄릿》의 시작과 끝은 죽음과 밀접한 연관성이 있다. 주인공은 망령으로부터 사건의 발단이 되는 중요한 비밀을 듣는다. 그리고 결말에서 주요 인물들은 거의 모두 죽음을 맞이한다. 게다

* 당시 '햄릿' 또는 '햄넷'이라는 이름은 'Hamlet'과 'Hamnet'으로 표기를 바꿔서 쓰는 것이 가능했기에 같은 이름이라고 보는 편이 타당하다.

가 '죽음(death)'이라는 단어는 작품에서 총 39번이나 등장한다. 아래 대사는 햄릿이 죽음에 대해 되뇌는 부분으로, 셰익스피어의 죽음에 대한 견해를 짐작할 수 있다.

햄릿

죽음 후 그 어떤 것, 어떤 여행자도 돌아오지 못하는
그 미지의 영역에 대한 두려움이
우리가 가진 아픔을 견뎌내게 하는지도 모르지. (3막 1장)

셰익스피어가 살았던 시대는 어린이나 젊은이의 죽음이 그리 놀랍지 않은 때였다. 당시에는 의학이나 기술이 발달하지 않았던 탓에 많은 사람이 현대 의학으로 충분히 치료할 수 있는 질병으로 일찍 목숨을 잃었다. 당연히 기대 수명도 지금보다 훨씬 짧았다. 셰익스피어 또한 이런 시대를 살며 가족들과 주변인들의 죽음을 빈번히 경험했을 것이기에, 비극 《햄릿》에서 유난히 많은 죽음을 표현한 것이 그리 특별하지는 않을 수도 있다.

그린블렛은 어린 나이에 세상을 떠난 자식을 직접 땅에 묻는, 그리고 그 아들의 이름을 작품 창작의 이유로 계속 사용해야 하는 부모의 마음을 간접적으로나마 느껴보려고 노력한 듯하다. 그래서 보고 싶은 아들의 이름이 몇 번씩이나 반복되는 글을 직접 써 내려가야 했던 셰익스피어의 심정을 이해하는 비평을 썼을 것이다.

《햄릿》은 셰익스피어의 죽음에 대한 자전적 요소가 담긴 작품이다. 따라서 작가의 개인적 슬픔을 헤아리며 작품을 감상하는 것도 이 작품을 더 깊게 이해하는 좋은 방법이 될 수 있을 것이다.

4. 《햄릿》 인물 분석

《햄릿》은 작품의 길이가 긴 만큼 대사량도 상당하다. 그중 특히 햄릿의 혼잣말이 많다. 다른 작품에 비해 주인공이 유난히 혼잣말을 많이 하는 이유는 무엇일까? 이는 햄릿이 말이 많은 성격이어서가 아니라, 의지와는 상관없이 그에게 닥친 복수의 의무와 그 의무로 인해 발생한 일생일대의 고뇌 때문일 것이다. 이 고뇌를 풀이하는 혼잣말을 연극 용어로 '독백(獨白)'이라 한다. 독백의 특징은 관객에게 필요한 정보를 한 인물이 다른 인물과의 상호작용 없이 직접 전달한다는 데 있다. 영어로는 '모놀로그(monologue)'라고 하는데, 이 단어의 라틴어 어원인 mono-는 '하나, 한 사람'을 뜻한다.

독백을 뜻하는 또 다른 영어 단어로는 '솔리로퀴(soliloquy)'가 있는데, 등장인물이 다른 인물이나 관객과는 별개로 자신의 생각을 중얼거리거나 되뇐다는 점에서 모놀로그와 차이가 있다. 솔리로퀴는 주인공이 무대라는 세상에 온전히 홀로 있는 것을 전제로 하는 점이 도드라진 특징이다. 누가 볼 것이라 기대하지 않는 일기장에 자신의 생각을 써 내려가는 것과 비슷하다. 이러한 특징 때문에 등장인물의 내면을 더 깊이 이해하는 데는 모놀로그보다 솔리로퀴가 적합하며, 햄릿의 독백은 솔리로퀴라고 보는 쪽이 우세하다. 그의 독백, 솔리로퀴는 햄릿의 복잡한 속마음을 알아볼 수 있는 중요한 단서로 비극적인 이야기 전개에 핵심적인 역할을 한다.

① 햄릿의 성격 알아보기

신중함

극의 첫 장에서, 햄릿 앞에 자신이 죽은 아버지라고 주장하는 유령이 나타난다. 이때부터 햄릿은 혼란과 내적 갈등에 빠진다. 비현실적인 존재를 마주친 것으로도 모자라, 그 유령이 설명하는 아버지의 죽음에 대한 실상은 믿고 싶지 않을 정도로 끔찍한 내용이었기 때문이다. 그래서 햄릿은 끊임없이 스스로 확인하고 질문한다.

햄릿

내가 만난 유령은 악마일지도 몰라.

내가 보고 싶은 형상을 띠는 힘이 있는 존재 또한 악마이다.

내가 우울하고 약해진 틈을 타

그 악마가 나를 속이고 교묘하게 이용한 다음

저주에 빠뜨리려고 하는 것일지도.

그래, 이것보단 더 확실한 증거가 필요하겠어. (2막 2장)

이처럼 햄릿은 자신이 정말 유령을 본 것인지, 유령은 정말 아버지의 영혼인지, 그의 말은 과연 진실인지, 자신과 나라를 해치려는 사악한 의도가 있는 것은 아닌지 끊임없이 고민한다.

이러한 햄릿의 모습은 두 가지로 해석할 수 있다. 첫째, 그는 신중하다. 불확실한 존재가 나타나 상당한 충격을 받은 상태임에도 나름대로 상황을 차근차근 파악하려고 하는 모습에서 그의 조심스러움을 엿볼 수 있다. 둘째, 그는 회의적이다. 유령의 호소를 들은 후에도, 햄릿은 의심하고 경계한다. 유령이 비밀스러운 대화를 위해 그를 유인할 때, 아래의 대사를 통해 햄릿의 경계심이 잘 드러난다.

햄릿

나를 어디로 데려가는 것인가? 대답해라. 나는 더 이상 가지 않겠다. (1막 1장)

우유부단함

'햄릿은 우유부단한가?'라는 물음에 대한 의견은 팽팽하다. 클로디어스를 향한 햄릿의 복수가 계속해서 미뤄진다는 점에서 그렇다. 심지어 그가 아무도 모르게 숙부를 죽일 수 있는 때와 장소를 마주했을 때도 그는 곧장 행동에 옮기지 않았다.

햄릿

아니다, 칼아, 멈춰다오.
더 무시무시한 때를 기다리자.
그가 술에 취해 자고 있을 때,
스스로의 분노를 어찌하지 못할 때,
침대에서의 쾌락을 즐기고 있을 때,
경기 중 욕설을 뱉을 때,
아니면 구원받는 방법이
전혀 없을 행동을 취할 바로 그때,
그를 넘어뜨리는 거야.
그러면 그의 발꿈치가 하늘을 향해,
그의 영혼은 시커먼 지옥 아니면
그러한 어느 곳이든 향해 가며 저주받겠지. (3막 3장)

햄릿은 클로디어스가 죄책감에 휩싸여 홀로 속죄의 기도를 올리는 것을 목격한다. 주변에는 아무도 없고, 클로디어스 또한 양심 고백에 집중하느라 주위를 살피지 않는다. 햄릿에게는 절호의 기회가 아닐 수 없다. 하지만 그는 복수를 실행하지 않는다. 연극을 보는 관객 입장에서는 애가 타는 장면이다.

이 부분을 놓고 학자들의 해석은 두 가지로 나뉜다. 첫째, 틈이 보인다고 감정이 폭발하여 분별없이 달려드는 대신, 보다 완벽한 복수를 계획하는 햄릿의 신중함과 주도면밀함을 다시 한번 느낄 수 있다는 해석이다. 둘째, 살인이라는 무거운 행위 앞에 너무 많은 생각과 감정에 휩싸여 절호의 기회를 놓치는 햄릿의 우유부단한 성격이 갈등의 해결을 이뤄내지 못한다는 해석이다. 이 장면을 신중함으로 읽느냐, 우유부단함으로 읽느냐에 따라 햄릿의 성격, 더 나아가서는 전체적인 이야기의 결을 달리 느끼게 된다.

햄릿

이 삶의 헝클어짐을 벗어난 뒤,
죽음이란 잠을 어떻게 맞이할지 생각하면 멈칫하게 되지.
고통으로 가득 찬 삶이라도
두려움에 굳이 길게 끄는 이유가 바로 이것이다. (3막 1장)

관객들이 느꼈을 답답함을 아는 듯, 햄릿은 자신이 복수를 주저하는 이유를 위와 같이 설명한다. 잔인한 운명의 숙제를 맞닥뜨린 주인공의 주저함을 어떻게 납득하고 공감할지는 관객의 몫이다.

고상함

음악에는 고유의 악상, 즉 곡이 주는 특유의 분위기가 있다. 《햄릿》

에도 셰익스피어만의 작풍(作風)이 느껴지는데, 특히 마지막 장면에는 베토벤의 〈비창(悲愴)〉•이 어울린다. 햄릿이 죽는 장면에 배경음악을 넣는다면 이 곡이 안성맞춤일 것이다. 이 곡의 느리고 구슬픈 선율은 인생의 쓴맛을 느끼고 격렬히 몸부림치다 모든 것을 내려놓고 힘없이 쓰러지는 젊은이의 무력한 슬픔이 연상되기 충분하다. 죽음을 맞이하기 직전 격렬한 칼싸움에는 속도가 빠르고 강한 음악이 어울린다면, 햄릿의 마지막은 전사의 장렬함보다는 성인(聖人)의 처연함이 묻어난다. 주요 인물 대부분이 비극적인 최후를 맞는 5막 2장의 대사에서는 그의 겸손한 언행, 섬세한 인품, 그리고 생전에 느꼈던 심적 고통을 되짚어 볼 수 있다.

햄릿

우리가 가진 무모함도 가끔은 괜찮아.
갈고닦은 계획의 실패를 맛볼 때
충동적인 행동이 도움을 줄 때도 있으니까.
그럴 때마다 깨달아.
우리가 아무리 거칠게 깎아놓아도 고귀한 신이
어떻게든 부드럽게 마무리 지어주신다는 것을. (5막 2장)

• 독일 작곡가 루트비히 반 베토벤의 3대 소나타 중 하나. '마음이 몹시 상하고 슬프다'라는 뜻으로, 피아노 소나타 8번 3악장의 별칭이다.

햄릿

그런데 말이야, 호레이시오.

레어티스에게 하지 못한 게 있어.

같은 일을 겪고 나니 그의 심정이 내 마음에 겹쳐 보여.

잘못을 빌고 용서를 구하고 싶어. (5막 2장)

햄릿

하늘에 용서를. 호레이시오, 나는 죽어가네.

가여운 우리 왕비님, 안녕히! 내가 직접 전하고 싶지만,

그대로 둬, 호레이시오. 자네는 살아 있으니

내가 했던 일들과 그 이유를

자세히 모르는 사람들에게 전해주길.

호레이시오

그런 말 마십시오. 여기 저를 위한 독주가 조금 남았습니다.

햄릿

사나이답게 그 잔을 이리로 줘. 어서, 놓으라니까.

오 하늘이시여. 선한 호레이시오,

내가 너무나 많은 상처와 이름을 두고 떠나는구나.

마음속에 내가 소중한 사람으로 남아 있다면,

이 험한 세상, 고통 속에 숨 쉬며 나의 이야기를 들려줬으면 해.

(5막 2장)

햄릿은 죽어가는 와중에도 자신과 함께 죽겠다 말하는 소중한 친구를 살리고자 애쓰고, 그 친구의 품 안에서 애처로운 청과 유언을 남기며, 침묵이라는 단어로 인생을 회고한다. 이 쓸쓸한 마지막에서 주인공의 슬픔과 고상함이 느껴진다. 많은 사람이 햄릿을 고국인 덴마크, 부모를 비롯한 가족, 친구, 연인 그 모두를 사랑했던 고귀한 인물로 평가하는 이유가 여기에 있다.

햄릿

부디 이렇게 전해주길.

모든 크고 작은 일들에 있어— 남은 것은 침묵뿐이다. (5막 2장)

셰익스피어의 희곡에서 사랑받는 주요 인물들은 대부분 입체적인 경우가 많다. 《베니스의 상인》의 샤일록은 표면적으로는 악인이지만, 동시에 독자의 안쓰러움과 공감도 이끌어낸다. 《맥베스》의 맥베스도 왕을 시해한 인물이지만 관객의 입장에서는 그의 최후가 썩 달갑지만은 않다.

햄릿 또한 그렇다. 햄릿은 옛 우화나 기사 이야기에 나오는 정의를 실현하는 인물처럼 한 치의 망설임도 없이 복수를 실행하지 않는다. 복수로써 정의를 이루고 싶은 동기가 충분함에도 그는 끊임없이 주저하고, 방황하며, 혼란에서 벗어나고자 애쓴다. 여기서 셰익스피어 작품이 갖고 있는 시대 초월적 특성이 다시 한번 드러난다. 셰익스피어는 햄릿을 충실하게 인간적으로 그려냈다. 햄릿은 특출난 영웅도 거침없는 복수귀도 아닌, 우리 주변에서 볼 수 있는 지극히 평범하고 인간적인 한 청년과도 같은 인물이다.

② 햄릿의 감정 알아보기

유령을 만난 뒤로 햄릿의 마음은 불안과 걱정, 의심 등으로 가득 차 있다. 작품이 점차 비극으로 흘러가는 과정은 그의 혼란스러운 감정선과 그에 따른 말, 그리고 행동이 주도하고 있다.

배신감

햄릿

사람은 웃음기를 머금고도 악당이 될 수 있구나.
적어도 덴마크 내 나라에서는 말이야. (1막 5장)

아버지의 죽음의 실상을 알게 된 햄릿은 감정적으로 격렬하게 요동친다. 이 감정의 소용돌이 중 그가 가장 먼저 느낀 것은 배신감일 것이다. 게다가 그 배신감이란 가장 가까운 직계가족에게서 느끼는 것이기에 더욱 큰 충격이었을 것이다. 유령이 이야기해 준 내용을 그대로 믿는다면 존경하는 아버지는 자신의 동생에게 죽임을 당했고, 사랑하는 어머니는 남편을 잃은 지 얼마 되지도 않아 그 남편의 동생과 재혼을 했다. 확실한 증거는 나오지 않은 상태이지만, 햄릿의 회의 섞인 이 대사에서는 믿었던 대상에 대한 실망을 넘어선 절망적인 감정이 느껴진다.

햄릿

본디 목적만 빼고 모두.

자네들은 부름을 받고 이곳에 온 게 아닌가?

그 표정으로 보아하니 진심을 숨길 위장 능력이 아직은 없네.

왕과 왕비께서 나를 보러 가라고 하신 것임을 난 이미 알아. (2막 2장)

햄릿

그대는 나를 믿으면 안 되었소.

미덕은 오래된 줄기에 억지로 붙인다고

그 근본이 달라지는 것도 아니니.

당신을 사랑한 적 없소.

오필리어

제가 속은 것이로군요.

햄릿

수녀원으로 가버리시오. (3막 1장)

마치 "열 길 물속은 알아도 한 길 사람 속은 모른다."라는 옛 속

담처럼, 햄릿은 아버지 유령의 이야기를 들은 후 인간에 대한 신뢰감을 잃고 방황한다. 클로디어스 외 자신과 가까운 관계에 있던 모두를 믿지 못하게 되며, 의도된 이상행동을 보이기도 한다. 심지어는 사랑하는 연인 오필리어에게조차 날카로운 말로 상처를 준다.

우울함과 무기력감

햄릿

모든 즐거움도, 움직임의 방법도 이젠 다 잃어버렸어.
내 기분은 어쩌나 무겁게 가라앉아 있는지
멋지게만 보였던 지구라는 이 땅의 구조가
모서리 돋은 불모지로밖에 보이지 않아.
이 훌륭한 대기를 느껴봐.
황금 불꽃으로 장식한 멋진 지붕과
그 가운데 늠름하게 걸려 있는 공기를.
아, 그러나 나에게는 이제 그것조차
불길하고 독한 기운을 내뿜는 증기로만 보일 뿐.
인간은 걸작이다.
고결한 인성, 무한한 능력, 천사 같은 몸가짐에,
신과 같은 판단력을 가졌으니,
세상의 아름다움, 만물의 영장이다.

그러나 나에게는 왜 그것이 작은 티끌만도 못하게 느껴지는가?
인간이 나에게 주는 즐거움이란 없다. (2막 2장)

햄릿은 잔인한 운명을 맞이하기 전까지는 대학에서 세상과 인간에 대해 배우고 긍지를 느끼며 살아왔을 것이다. 그래서 인간을 '걸작'이라고 찬양할 수 있었을 것이다. 그러나 그는 인간이 지금까지 배워온 것과는 거리가 먼, 죄악에 물들 수 있는 존재라는 사실을 몸소 체험하고 그 간극에서 헤어나지 못한다. 인간의 존엄함과 아름다움을 순수하게 믿었던 그였기에 충격은 더욱 컸을 것이고, 그 충격에는 자신도 어찌할 도리가 없어 허무함만 뒤따르고 있다.

오필리어

한숨을 어찌도 딱히, 그리고 깊게 내쉬는지
온몸을 산산조각 내고 스스로의 존재와 작별을 고할 듯했습니다.
(2막 1장)

현대 의학의 관점으로 햄릿을 분석할 때 그가 우울증을 앓고 있다, 혹은 자살 충동을 느끼고 있다고 분석하는 이유가 여기 있다. 아버지의 죽음 이후 햄릿에게는 더 이상 세상이 아름답게 보이지 않는다. 그의 무기력함은 오필리어에게도 전달되어, 그녀가 증언하는 햄릿의 모습은 가엾고, 위험해 보이기까지 한다.

5. "To be or not to be."의 다양한 해석

프랑스의 철학자 장 폴 사르트르는 "인생은 B(birth)와 D(death)사이의 C(choice)이다."라는 말을 남겼다. 그의 말대로, 인간은 태어나서 죽을 때까지 크고 작은 선택을 한다. 어떤 직업을 가질 것인지, 누구와 함께 살 것인지 등 선택의 종류는 무한하다. 나이가 들수록 선택에 의한 책임도 점점 무거워지며, 이로 인해 인생이 바뀌기도 한다. 지금 자신의 모습 또한 본인이 수많은 선택을 한 결과물인 셈이다.

셰익스피어의 작품 속 인물들도 각자 선택을 하며 운명을 결정짓는다. 그중 햄릿은 가장 가혹한 선택을 해야 하는 인물 중 하나이다. 그는 삶의 방향이 삶 또는 죽음 두 갈래로 정해지는 중대하고도 무거운 선택을 해야 한다. 한번 고르면 돌이킬 수 없는 그 선택의 기로를 셰익스피어는 다음과 같이 표현한다.

햄릿

사느냐, 죽느냐. 그것이 문제로다.
어느 것이 더 고귀한가?
요동치는 운명의 화살과
돌을 감내하며 견디는 것과
곤경의 바다가 주는 물살을 가르며

대항하다 끝내는 것,
둘 중에 말이다.
죽는 것은 잠드는 것, 그뿐인 것을.
잠을 이루면 육신이 견뎌내야 할
심장의 고통과 수천 개의 고난을 끝내는 것,
그것을 소망해야 하나.
죽는 것, 그리고 잠드는 것.
잠이 들면, 꿈을 꿀 수도. 아, 힘들구나. (3막 1장)

《햄릿》을 모르는 사람이라도 한 번쯤은 들어봤을 이 구절이 가진 힘은 강력하다. 이 강렬한 명대사에 수많은 전문가가 서로 다른 해석을 내놓고 있다. 우리는 이 말을 어떻게 이해해야 할까?

① 복수의 실행

먼저 햄릿이 아버지 유령에게서 명 받은 '복수'라는 개념에 초점을 맞춘 견해가 있다. 목숨을 잃을 수도 있는 행위인 복수의 여부를 놓고 고뇌하는 모습이라 해석하는 것이다. 산다는 것은 숙부의 왕국에서 숙부의 죄악을 모른 체하며, 아버지의 원수에 대한 복수를 포기한다는 의미이다. 반면 죽는다는 것은 죽음을 각오하고서라도 아버지를 위해 복수를 이행하는 것을 의미한다.

그렇다면 위 대사 대신 '복수를 하느냐, 마느냐'라고 자신의 의

도를 그대로 독백에 표출했다면 어떨까? 아무래도 조금 심심하게 들린다. 다른 인물이라면 위와 같이 그대로 복수의 여부를 두고 고민했을 수도 있다. 하지만 햄릿이 처한 상황과 그의 심경을 염두에 두고 생각해 봤을 때, '사느냐, 죽느냐'라고 표현하는 것이 그가 느끼는 복수라는 행위에 대한 무게감과 부담, 두려움이 더 생생하게 느껴지는 듯한 효과를 준다.

② 영문법적 해석

햄릿의 선택은 원초적이다. 인간의 시작과 끝을 이야기하고 있기 때문이다. 적어도 우리에게는 그렇다. 《햄릿》이 한국어로 처음 번역되었을 때 사용된 단어는 '살다(live)'와 '죽다(die)'로, 두 단어만으로 햄릿에게 닥친 딜레마를 더욱 극단적으로 느낄 수 있게 한다. 사실 "To be or not to be."에서 Be 동사는 무척 포괄적인 의미를 갖고 있다. Be 동사는 상태 동사로, 주어의 상태나 존재 여부를 나타내는 문장 요소이다. 특정한 의미를 지닌다기보다는 주어의 상황에 따라 문장 전체의 의미를 다르게 만든다.

이러한 특성 때문에 이 물음은 작품의 주어, 즉 햄릿이 어떤 생각을 가지고 있으며 어떻게 행동할지에 따라 훨씬 다양한 의미를 나타낼 수도 있다. 이를테면 "To be or not to be."는 '존재하느냐, 존재하지 않느냐'로도 해석될 수 있다. 햄릿의 고뇌가 어디에 중심을 두고 있느냐에 따라 또 다른 새로운 해석도 얼마든지 가능하다.

거트루드

만일 그렇다면 왜 그것이 너에게는 특이해 보이는 것이냐?

햄릿

보이는 것이냐고요, 여왕님?
아닙니다. 저는 '보이는 것'은 모릅니다.
이 칙칙한 망토, 관습에 따라 입는 엄숙한 복장,
한숨의 짙은 포효, 강물처럼 넘쳐흐르는 눈물,
또 이 슬픔의 모양, 형태, 기분을 설명할 수 있는 모든 것을 합쳐도
제 진심을 보여줄 수 있는 것은 없답니다.
이런 것들은 정녕 '보이는 것'이겠지요.
인간이라면 누구나 연기해 낼 수 있는 것들이니까요.
그러나 저에게는 보여줌 그 이상의 무언가가 있고,
지금 이것들은 비탄의 겉치장일 뿐입니다. (1막 2장)

존재를 나타내는 be와 '~해 보인다'의 의미를 가지는 'seem to be'의 대비는 햄릿과 여왕의 대화에서 극명히 나타난다. be와 그 부정을 고민하는 햄릿에게 seem, 즉 겉으로 보이는 것들은 거짓이며 치장에 불과하다. 이렇게 온 세상이 가식으로 가득 찬 것 같이 느껴 염세적으로 변하고 있는 햄릿의 입장에서는 "To be or not to be."는 '세상을 보는 태도와 자세를 어떻게 할 것이냐'라는 물음이 될 수도 있다.

③ 정체성 찾기

"To be or not to be."의 또 다른 해석은 햄릿의 정체성과 연결된다. 순수했던 청년 햄릿은 아버지 죽음의 진상과 믿었던 주변인들의 배신을 알게 되면서 자신을 둘러싼 세계가 무너져 내리는 고통을 겪는다.

햄릿

세상의 모든 일이 왜 나에게는

약하고, 헛되고, 무미건조하고, 소용없어 보이는가.

이런, 거지 같은 세상은 마치 버려진 정원 같구나.

잡초만 그득하게 자라는 것을 보니.

본디 추하고 사나운 것들만 자리를 차지하고 있어.

이 광경을 내가 두 눈으로 보게 될 줄이야! (1막 2장)

햄릿은 조국 덴마크를 가꾸는 이 하나 없이 잡초만 무성한 정원에 빗대어 한탄한다. 그의 눈에 현실은 고달프고 지저분하며 무언가 크게 잘못되어 있다. 이런 고장 난 세상을 바라보는 그의 대사에서 무기력함이 느껴진다.

잔인한 세상을 알아버린 햄릿은 선택해야만 한다. 아무것도 모르는 척 주변인들과 웃는 관계를 유지할 것인지, 자신이 느끼는 배신감과 위선에 대한 역겨움을 모두 드러낼 것인지, 아니면 그저 도망가 버릴 것인지. 그가 생각하는 가치가 무엇이든 햄릿은 자신이 그토록 경멸하는 사회에 속해 있는 이상 행동해야 하며, 어떤 선택을 하든 뼈아픈 고통을 느껴야 한다.

서구권에는 'Would you rather'*라는 게임이 있다. 극한의 두 상황을 가정하고 한쪽을 고르는 이 놀이는 사람들이 각자 더 우선시하는 가치를 발견하게 해준다. 한편 햄릿의 '사느냐, 죽느냐'는 선택지의 내용만큼 신중함과 비장함이 필요하다. 어떤 쪽으로 해석하든 햄릿의 희생이 따르기 때문이다. 삶과 죽음, 단 두 가지 앞에서 우선순위를 정해야 한다는 건 잔인한 일이다. 그래서 그는 차라리 본인의 상황과 존재를 부정한 채 도망가고 싶었을 것이다. 우리가 만약 같은 상황을 맞닥뜨렸다면, 어떤 선택을 할 수 있을까?

6. 《햄릿》 리메이크

① 도시의 고독함을 표현한 <햄릿 2000>(2000)

마이클 알메레이다 감독의 〈햄릿 2000〉은 셰익스피어의 희곡을 현

* '차라리 ~을 할 의향이 있습니까'라는 만들어지지 않은 문장의 일부로, 자유 주제 선택지 두 가지를 골라 해당 선택지를 문장의 끝에 붙여 물어보는 놀이. 'Would you rather fly or be invisible?'이라고 물어본다면 '날 수 있는 능력을 얻을래, 아니면 투명인간이 될래?'라는 뜻으로 해석할 수 있다.

대로 가져온 영화 중 하나이다. 고전의 진입 장벽을 낮추기 위해 작품의 배경, 인물의 특징, 대사, 장면을 21세기 분위기에 걸맞게 각색했다. 덴마크는 대도시 뉴욕으로, 엘시노어 왕궁은 대기업 건물과 고급 호텔로 설정했다. 선왕이 유령이 되어 성곽에 나타나는 장면은 구식 TV 화면에 나타나는 것으로 각색되었다. 폴로니어스는 커튼이 아닌 옷장 속에 숨어 있다가 햄릿에게 총을 맞아 죽고, 최후의 결투 또한 칼이 아닌 총으로 이루어진다. 햄릿은 연극영화과 학생•, 오필리어는 사진을 공부하는 학생으로 나오는데, 두 인물이 직접 촬영하고 찍은 피사체는 원작 《햄릿》에서 두드러지는 시각적 효과를 자연스럽게 나타내는 좋은 도구가 된다.

② 광기 연기로 찬사를 받은 <햄릿>(2008)

셰익스피어의 출생지에 본거지를 둔 로열 셰익스피어 극단(RSC)이 연출한 〈햄릿〉은 인기 연극 중 하나이다. 연극이 큰 인기를 얻자 대중의 성원에 힘입어 영화로도 제작되었다. 〈햄릿〉은 고전의 멋을 그대로 살리는 동시에, 의상과 무대를 적절히 현대물로 각색하여 옛것과 새것이 조화를 이루는 작품이다. 거칠고 극적인 대사를 직접 들으며 원작 《햄릿》이 주는 카타르시스를 그대로 느낄 수

• 원작의 햄릿이 클로디어스를 떠보기 위해 직접 연극 무대 '극중극'을 꾸몄다는 것을 기억하면 영화 속 주인공의 전공이 흥미롭게 보인다.

있는 점이 매력이다. 특히 배우 데이비드 테넌트의 격정적인 광기 표현과 출중한 심리 묘사가 돋보인다.

③ 《햄릿》의 영향을 받은 <라이온킹>(1994)

뮤지컬 애니메이션 〈라이온킹〉은 《햄릿》의 영향을 받아 제작되었다. 스토리상 큰 줄기는 같지만 정작 애니메이션을 감상하면 원작은 잘 떠오르지 않을 정도로 가족적인 분위기로 가득하다. 영화가 주는 메시지•도 원작과는 달리 밝다. 그나마 비슷한 부분은 어린 사자 심바가 하늘 위 별과 구름의 형상으로 나타난 아빠 사자 무파사와 재회하는 장면이다. 이 장면은 원작에서 아버지의 혼령을 만나 혼란에 빠진 햄릿을 연상시킨다. 다만 무파사는 '복수하라'와 '나를 기억하라' 대신, '너 자신이 누구인지 기억하라'라는 유언을 남긴다. 원작에 비해 교훈적이고 긍정적이다. 무파사의 마지막 말은 심바가 방황을 끝내고 성장하며 진정한 동물의 왕이 되는 여정의 시발점이 된다. 결말 또한 동화적 해피 엔딩에 가깝다. 이러한 면에서 〈라이온킹〉은 원작 《햄릿》의 모티브만 빌려왔다고 보는 편이 타당하다. 그럼에도 불구하고 이 영화는 어린 연령층의 시청자도 즐겨볼 수 있는 좋은 접근성을 갖고 있다.

• 영화 속 캐치프레이즈인 '하쿠나 마타타'는 관객들에게 희망적인 메세지를 전달한다. '문제없어', '걱정하지 마'라는 뜻의 스와힐리어로 영화의 음악과 주제 의식 전달에 쓰였다.

생각할 거리

1. 《햄릿》이 전달하고자 하는 메시지와 삶의 의미는 무엇인지 생각해 보고, 자신은 어떤 교훈을 얻었는지 이야기해 보자.

2. 《햄릿》에 등장하는 주요 인물들은 대부분 죽음을 맞이한다. 이 중 한 사람만 살아남는 결말을 새로 쓸 수 있다면 누구를 살릴 것인지 고르고, 그 이유를 말해보자.

3. 햄릿과 자신의 성격에 어떤 공통점이 있는지, 그리고 그에게 배울 점은 무엇이 있는지 말해보자. 또한 반대로 자신이 햄릿에게 조언하고 싶은 부분이 있다면 이야기해 보자.

4. "To be or not to be."를 자신만의 언어로 새롭게 해석해 보자.

맥베스

Macbeth, 1605~1606

Present fears are less than horrible imaginings.

상상하는 공포에 비하면 두 눈이 보는 공포는 아무것도 아니다. (1막 3장)

셰익스피어 4대 비극 중 가장 어두운 작품으로 평가받고 있는 《맥베스》는 비뚤어진 야심을 가진 한 인간이 권력에 의해 어떻게 스스로와 타인을 파멸로 몰아가는지 보여준다. 다른 작품들에 비해 짧은 편이지만, 그 이상으로 강렬하다. 독자들은 맥베스가 살인을 저지르고 타락해 가는 과정을 지켜보며 인간이 느끼는 부정의 감정에 대해 고찰해 볼 수 있다.

1. 줄거리와 등장인물

① 줄거리

중세 스코틀랜드의 던컨 왕은 군대를 거느리고 있었다. 이 군대를 지휘하는 장군 맥베스와 뱅쿠오는 외부 반란군을 물리치고 돌아가는 길에 세 명의 마녀와 마주친다. 세 마녀는 그들에게 여러 예언을 들려주는데, 이 가운데 맥베스가 훗날 스코틀랜드의 왕이 될 것이라는 예언이 그의 마음을 크게 흔들어 놓는다.

맥베스와 뱅쿠오는 예언을 의심하며 계속 길을 간다. 하지만 얼마 뒤 마녀들이 말한 예언의 일부가 실현된 것을 직접 목격한다. 이에 맥베스는 자신이 왕이 될 거라는 예언도 현실이 될지 모른다고 생각하여 던컨 왕을 해칠 생각을 품고 내적으로 갈등한다.

던컨 왕을 알현한 맥베스는 왕을 자신의 성으로 초대하고, 동시에 자신의 부인 레이디 맥베스에게 자신이 들은 예언에 대한 편지를 쓴다. 이를 읽은 레이디 맥베스는 맥베스의 심적인 동요에 전혀 공감하지 못하고, 오히려 용기가 없는 남편을 부추기며 직접 던컨 왕을 시해할 계획을 짠다. 맥베스는 피투성이가 된 단검 환영을 보는 등 도덕적인 양심과 레이디 맥베스의 설득 사이에서 정신적으로 혼란스러워하지만, 결국 그날 밤 성에 묵고 있는 던컨 왕을 살해한다. 이후 맥베스는 스코틀랜드의 왕위에 오른다.

맥베스와 함께 세 마녀의 예언을 들었던 뱅쿠오는 맥베스에게 충성을 맹세하지만, 맥베스는 세 마녀에게 뱅쿠오가 '장차 왕들의 조상이 될 것'이라는 예언을 들은 것을 기억하고 있었다. 이에 맥베스는 뱅쿠오와 그의 아들 플리언스를 죽이기 위해 암살자를 보내고, 이로 인해 뱅쿠오는 살해당하지만 플리언스는 살아남아 도주한다. 이 소식을 들은 맥베스는 극도의 불안감에 휩싸인다.

이후 정신적 콤플렉스로 점점 더 폭력적으로 변해가던 맥베스는 예언으로 위안을 얻기 위해 다시 마녀들을 찾아간다. 마녀들은 맥베스에게 파이프의 영주 맥더프를 조심해야 한다고 일러준다. 이에 맥베스는 맥더프 일가를 모두 죽이고, 이를 안 맥더프는 복수심에 불탄다.

왕위를 지키기 위해 피로 젖은 길을 걸으면서, 맥베스는 점점 광기에 물들어 간다. 레이디 맥베스도 밤마다 몽유병에 시달리고 핏자국을 지우겠다며 손을 계속 비벼대는 등 이상행동을 하다 결국 미쳐서 죽게 된다.

이후 도망쳤던 던컨 왕의 아들 말콤 왕자가 스코틀랜드로 돌아오고, 맥베스의 잔혹한 통치에 불만을 품었던 귀족들과 합세하여 반란을 일으킨다. 전쟁에서 맥더프는 맥베스를 죽이고, 말콤은 스코틀랜드의 왕위에 오른다.

② 등장인물

던컨 왕

스코틀랜드의 국왕. 맥베스를 신임하지만, 그의 성으로 초대받은 후 자는 동안 살해된다.

말콤

던컨 왕의 아들. 아버지가 살해된 후 도망쳐 피신해 있다가, 다시 돌아와 맥베스가 죽은 후 왕위를 되찾는다.

맥베스

글래미스의 영주. 마녀의 예언을 듣고 레이디 맥베스와 함께 던컨 왕을 시해한다. 죄책감에 의해 점점 폭력적으로 변해가고 예언에 의존하지만, 결국 맥더프에게 죽임을 당한다.

레이디 맥베스

맥베스의 부인. 왕을 시해하라고 남편을 부추기는 등 권력에 대한 욕망을 꾸밈없이 드러낸다. 왕을 해치기 전에는 맥베스보다 훨씬 잔인한 말과 행동을 보이지만, 정작 왕을 죽인 후에는 죄책감에 크게 괴로워하다 죽는다.

뱅쿠오

맥베스의 친구. 맥베스의 명령에 따라 살해된다. 후에 유령이 되어 맥베스 앞에 나타난다.

플리언스

뱅쿠오의 아들. 맥베스의 암살자를 피해 살아남는다.

맥더프

파이프의 영주이자 던컨 왕의 조력자. 맥베스가 왕이 되자 이에 저항한다.

레이디 맥더프

맥더프의 부인. 맥베스의 명령에 의해 자식들과 함께 살해된다.

세 명의 마녀

맥베스의 왕위 찬탈과 그의 목숨에 대한 예언을 한다.

2. 작품 창작 배경과 특징

4대 비극 중 가장 마지막 작품이자 가장 짧은 작품인 《맥베스》는 기록에 의하면 1606년 8월 7일 런던 햄튼 코트 궁전에서 처음 상연되었으며, 원전은 라파엘 홀린셰드의 《영국, 스코틀랜드, 아일랜드의 연대기》 중 스코틀랜드 편의 〈맥베스 전기〉이다. 셰익스피어는 이 원전의 정치적인 분위기 대신 초자연적 요소와 인간의 심리 묘사에 더 집중해서 작품을 완성했다.

이 작품은 매우 빠른 전개와 함께 시각적·청각적으로 강렬한 분위기, 압축적인 장면 전환이 특징이다. 마녀들의 등장, 한밤중의 계획 살인 등의 장면은 오늘날의 공포, 스릴러, 범죄 장르처럼 빠르게 진행된다. 작품에서 끊임없이 등장하는 피의 이미지는 무겁고 음산한 분위기를 자아내며, 전투로 인한 살상, 왕을 시해한 맥베스와 레이디 맥베스, 피를 흘리며 나타나는 뱅쿠오의 유령, 환영

속 피 묻은 칼 등은 섬뜩함을 계속해서 부각한다. 거기에 극의 반이 넘는 부분이 밤에 진행되는 점, 알아들을 수 없는 마녀들의 괴상한 주문, 고요한 성 내부에서 울려 퍼지는 종소리, 천둥과 번개의 울림 등 청각적으로 무질서한 분위기는 맥베스의 어지러운 심리 상태를 대변한다.

3. 인간은 선한가, 악한가

① 전형적 권선징악 구조와《맥베스》의 비교

우리가 어려서부터 들어온 동화는 전형적인 권선징악의 구조를 띠고 있는 경우가 대부분이다. 악역은 주인공이 행복한 결말에 다다르지 못하도록 막는다. 악역의 힘은 그가 가진 선천적인 마법의 힘이 될 수도, 현실적인 권력의 힘이 될 수도 있다. 하지만 선한 주인공 영웅과 그를 돕는 조연들이 협동하여 이 악을 물리치고, 정의를 실현하며 한 편의 동화가 완성된다.

맥베스도 본래는 던컨 왕에게 승리를 가져다주는 충직한 신하였다. 충분히 주인공이자 영웅이 될 수 있는 위치이다. 하지만《맥베스》는 우리가 아는 동화의 내용과는 전혀 다른 방향으로 전개된다. 맥베스는 자신을 누구보다 신뢰했던 왕을 죽이고, 그 자리를 차지하며 악역이 된다. 왕의 든든한 개선장군인 주인공이 악인으로 변해가는 과정을 통해 당대 관객들도, 지금의 독자들도 이례적인 역할의 변화에 신선한 충격을 받았을 것이다.

② 성악설과 맥베스

> 기록한바 의인은 없나니 하나도 없으며 깨닫는 자도 없고 하나님을 찾는 자도 없고 다 치우쳐 한 가지로 무익하게 되고 선을 행하는 자는 없나니 하나도 없도다.
>
> –《신약성경》 중 〈로마서〉 3:10–12

이 구절처럼 《신약성경》에서는 창조된 모든 인간은 죄인이라 말한다. 그렇다면 셰익스피어가 창조한 인물, 맥베스는 어떨까? 진정한 악인의 표상이라고 할 수 있을까? 처음부터 피도 눈물도 없는 살인자의 자질을 가지고 있었을까? 그렇다고 하기에는 맥베스 부부는 왕을 시해한 후 죄책감으로 인해 죽음에 이를 때까지 고통을 받는다. 그들은 처음부터 악당인 존재가 아니다. 흔히 말하는 '매력적인 빌런'이라고 보기에는 부족한 부분이 많다.

성선설과 성악설은 철학에서 본질적으로 다루는 주제이자, 지금도 끊임없이 대두되는 문제이다. 그러나 성선설, 성악설과는 별개로 인간이라면 모두 죄를 짓는다. 우리 또한 악의 개념을 알고 있고, 악한 마음도 당연히 가지고 있기에 맥베스의 악행과 파멸을 완전히 외면하지 못한다. 그래서 우리는 자신도 모르게 그의 타락에 조금이나마 연민을 보일 수 있는 것이다.

③ 입체적 빌런

동화 재창작으로 유명한 디즈니는 2010년대부터 새로운 시도를 하고 있다. 1950년대 전형적인 악당으로 불리던 말레피센트, 크루엘라 등 동화 속 유명 악역 캐릭터를 현대에 맞게 재해석하여 '사실은 좋은 사람이었지만 불우한 과거로 인해 악인의 길로 들어서게 되었다'라는 반전 플롯을 사용하고 있다.* 아무 이유 없이 악행을 저지르고 주인공을 괴롭히는 것이 아니라 비뚤어진 이유가 있었다든지, '그들은 사실 피해자였다'라는 양면의 서사를 부여하여 악행에 대한 나름의 당위성을 부여한다. 그리고 이 시도는 과거 이야기에 나오는 평면적인 악역들을 보다 입체적이고 인간적인 인물로 만들어 다양한 관점으로 생각해 볼 수 있게 했다는 긍정적인 평가를 받고 있다.

인간의 모습도 이와 같다. 열이면 열 나쁜 행동만 하지는 않는다. 인간은 선과 악의 양면성을 갖고 있으며, 후자가 우리를 지배하게 하지 않기 위해 우리의 양심은 매일 투쟁한다.

* 일례로 말레피센트는 고전 동화 〈잠자는 숲속의 미녀〉에서 주인공 공주가 물레바늘에 찔려 죽게 만든 악역이지만, 재창작물에서는 공주를 친아버지보다 더 아끼고 사랑하는 모성애적인 인물로 그리고 있다.

그가 작품의 첫 시작부터 호시탐탐 왕위를 노리고, 아무런 내적 갈등 없이 치밀한 계획을 통해 완벽한 살인을 했다면 우리는 그에게 공감할 수 없을 것이다. 권력을 원하기는 하지만 그것이 반윤리적 행위를 수반한다는 것을 알기에 고뇌하는 모습, 욕망에 눈이 멀어 결국 살인을 저질렀지만 그 뒤 양심의 가책으로 점점 무너져 가는 모습을 보면서 우리는 삶과 죄에 대한 고민의 경험을 떠올릴 수 있다.

4. 악(惡)을 향한 심리적 여정

선과 악, 그리고 이 둘을 넘나드는 경계를 생각해 볼 때, 맥베스는 어떠한 감정 속에서 악인의 길을 가고 있는가. 앞서 말했듯 그는 평면적 악인이 아닌, 정의로움에서 악함으로 서서히 옮겨가는 인물이다. 비인간적인 행위를 저질렀지만, 그의 내면에는 희미하게나마 인간적인 면모가 남아 있다. 셰익스피어는 맥베스의 독백을 통해 죄를 저지르는 과정 전반에서 그가 느끼는 심리적 고통을 이야기하고 있다.

① 악에 물들어 가는 스스로에 대한 두려움

《구약성경》의 아담과 하와가 죄를 알고 난 이후 처음 느낀 감정은 두려움이다. 뱀의 유혹으로 선악과를 먹은 후 그들은 하나님이 그 사실을 알게 될 것을 두려워한 나머지 몸을 피한다. 기독교 교리에 따른 첫 인류인 그들을 필두로, 인간이라면 자연스럽게 죄를 숨기고 싶은 본능을 가지고 있다.

맥베스 또한 마찬가지이다. 권력에 대한 욕망이 마음속에 싹트고 있었다고는 해도, 처음에는 왕을 시해할 생각까지 품지는 않았다. 마녀의 예언을 기점으로 맥베스는 이러한 악의 감정과 싸우기 시작한다. 그러다 아내인 레이디 맥베스의 설득에 결국 왕이 되겠다는 야심에 굴복하고 살인을 저지르고 만다. 그래서인지 맥베스의 심리는 종이가 먹을 머금듯 점점 야욕에 사로잡혀 물들고 있지만, 그에 대한 두려움은 배제하지 못한 상태이다.

맥베스

어서 오너라, 눈을 감게 하는 밤이여.
자비로운 한낮의 온유한 눈을 가리고,
눈에 보이지 않는 피투성이 손으로
나를 위협하는 그의 생명 증서를 지워버리고 찢어 없애라!
빛이 사라져 가는구나.
까마귀는 음산한 숲속으로 날아들고 있다.
낮 동안 선량하게 지낸 사람들은 고개를 숙이고 잠이 들고,
밤의 악독한 무리는 먹이를 찾아 꿈틀거리기 시작한다. (3막 2장)

그냥 밤이 아니다. '눈을 감게 하는' 밤이다. 중세 영어 'seel'에는 '눈을 감다'와 '멀게 하다'라는 두 가지 뜻이 있다. 아담과 하와가 하나님의 눈으로부터 숨고 싶어 했듯, 죄악에 물든 자신이 보이지 않기를 바라는 맥베스의 두려운 심리가 두드러진다. '자비로운 한낮의 온유한 눈'은 모든 것을 볼 수 있는 신의 눈을 상징할 수도, 지상의 모든 존재와 움직임을 포착하는 낮, 그 자연의 이치 자체를 가리키는 것일 수도 있다.

'scarf up eye(눈을 가리고)', 'invisible hand(보이지 않는 손)' 같은 구절에서도 그의 처절한 몸부림이 드러난다. 그러면서 동시에 악을 맞이하고 있는 모습이 '피투성이 손', '음산한 숲속' 등 비유적 표현으로 끊임없이 강조되고 있어, 그가 두려워하면서도 행동의 방향성은 살인을 실행하는 쪽으로 굳힌 것을 확인할 수 있다.

② 죄를 짓고 난 후 후환에 대한 두려움

맥베스

이게 무슨 손인가, 내 눈을 도려낼 손이구나.
그 위대한 넵튠이 다스리는 바다의 물을 다 써도
이 손의 피를 씻어낼 수 있을까.
아니, 이 손은 오히려 바다란 바다는 온통 붉게 만들어
푸른 대양을 진홍으로 바꿔버릴지도 몰라. (2막 2장)

왕을 살해한 직후, 맥베스는 손에 묻은 피를 보며 두려움에 휩싸인 심리를 이렇게 표현한다. 문지기 두 명을 시해자로 모함하여 자신의 죄를 뒤집어씌우는 데 성공했으나, 그럼에도 죄가 결국 밝혀질까 전전긍긍하고 있다. 손에 묻은 피가 드넓은 바다 전체를 물들일지도 모른다는 비유를 통해 맥베스가 본인이 저지른 죄가 얼마나 큰지 알고 있으며, 또 그 죄가 세상에 알려질까 두려워하고 있다는 것을 알 수 있다.

③ 양심과 죄책감

맥베스 부부는 계획 살인을 저지름으로써 악인임을 증명했다. 하지만 그들은 이후 지극히 인간적인 감정을 느낀다. 바로 '양심'이다.

레이디 맥베스

오너라, 어두운 밤아.
가장 짙은 지옥의 연기로 장막을 드리워라.
내 날카로운 칼이 만드는 상처를 보지 못하도록.
하늘이 어두운 장막을 뚫고 바라보며
'멈춰, 멈춰다오!'라고 외치지 못하도록. (1막 5장)

서구권에는 "What goes around comes around(뿌린 대로 거두리라)."

라는 속담이 있다. 본인이 저지른 일은 어떻게든 다시 돌아와 발목을 잡는다는 의미로, 죄를 지었다면 그 크기에 상관없이 순리에 따라 대가를 치를 것을 경고하는 동시에 부끄럽지 않은 인생을 살아갈 것을 조언하고 있다. 셰익스피어는 맥베스와 레이디 맥베스의 혼란스러운 심리와 비극적인 결말로 위 속담의 의미를 우리에게 증명해 보인다. 살인을 한 흔적을 끊임없이 검은 밤과 연기의 장막으로 가리며 양심을 외면하려는 그들의 시도는 위 대사에서 잘 드러난다.

맥베스

우리는 뱀을 죽이지는 못했다. 상처를 남겼을 뿐.
상처는 아물겠지만, 우리의 악함은
뱀의 독 서린 이빨에 물릴 위험 가운데 있지.
차라리 모든 것이 부서지고
천지가 흔들려 위태롭게 되길 바란다.
두려움 속에서 음식을 먹고
매일 밤 우리를 뒤흔드는
악몽의 고통 가운데 잠을 이루기 전에
죽은 자들과 함께하는 편이 낫겠다. (3막 2장)

현대사회에서 죄의 대가는 법적 근거에 의한 처벌 등 공적인 형태로 존재한다. 하지만 더 중요한 것은 비공식적인 대가, 즉 마음의 벌을 받는다는 사실이다. 죄를 숨기기 급급했던 맥베스 부부는 극이 결말에 다다라 죽음을 맞이하기 직전, 자신들의 악행에 대해 있는 대로 고백하기에 이른다. 악몽으로 고통받느니 천지가 무너지는 것을 보는 것이 낫다 말할 정도로 처절한 그들의 양심 고백은 일상에서 선과 악을 드나드는 우리의 양심도 다시 한번 돌아보게 한다.

④ 불안과 불면

셰익스피어 시대에 《맥베스》를 상연할 당시, 왕 시해 장면은 무대 위에서 재현되지 않았다. 관객석에서 직접 볼 수 있는 것은 맥베스의 단검과 손에 묻은 핏자국이었다고 한다. 그리고 맥베스의 다음과 같은 독백이 들렸다고 한다.

맥베스

이런 외침을 들은 것 같아.
'더 이상 잠은 없다. 맥베스가 잠을 죽였다.'
순수한, 고민의 묶음을 풀어주는,
매일 생명이 저무는, 노동의 휴식이 되어주는,
상처 입은 마음의 치료약이 되는, 대자연의 또 다른 모습인,
영양분으로 가득 찬 삶의 향연인 잠을 말이다. (2막 2장)

'murder(살해하다)'라는 동사를 통해 시해를 결심하고 또 실행한 것이 이 독백에서 증명된다. 하지만 여기서 murder가 가리키는 목적어는 'King Duncan'이 아니라 'sleep'이다. '왕을 죽였다' 대신 '잠을 죽였다'로 해석되는 것이다. 살인을 저질렀는데 난데없이 잠을 죽였다는 이 말은 무엇을 의미할까?

왕을 시해한 뒤 맥베스는 본인이 열망하던 왕위에 대한 기대감은 온데간데없고, 잠의 부재만을 길게 읊는다. 어떤 일에 대한 불안감만으로도 잠이 오지 않는 경우가 많은데, 하물며 사람을 죽이고 나서 눈을 감고 편히 휴식을 취할 수 있을까. 맥베스의 마음 깊은 곳 양심의 목소리가 이 대사를 통해 울림 있게 들린다.

⑤ 레이디 맥베스의 후회

레이디 맥베스는 1막 5장에서 처음 등장하는데, 남편이 꿈꾸는 그릇된 열망을 망설임 없이 실행하게 만들어 비극을 이끌어내는 중요한 인물이다. 살인을 고민하는 남편에게 냉혈한처럼 살해 계획을 공유하고 실행에 옮기게 하지만, 극 후반에는 이를 누구보다 깊이 후회하며 삶과 인생 전반에 대한 허망함을 드러낸다.

레이디 맥베스

모든 일이 헛되구나. 허망하다.

야욕은 이루었지만, 만족은 없다.

살인을 하고 의심스러운 기쁨에 갇히기보다

차라리 살해당하는 편이 나을 것이다. (3막 2장)

그토록 냉정하게 남편을 부추겨 살인을 종용한 부인도, 죽은 자의 피를 계속 닦아내려는 이상행동을 한다. 실제 피는 이미 씻겨 내려갔겠지만, 마음속의 피인 '죄의식'은 그녀 안에 여전히 남아 있음을 뜻한다. 그녀의 말로는 잔혹함 대신 후회와 허무로 가득 차 있다.

5. 어둠의 이미저리(imagery)

이미저리란 언어에 의해 마음속에 생성되는 이미지군, 즉 여러 이미지의 집합체를 뜻한다. 여기서 '악'의 키워드는 '어둠'이라는 이미저리로 생각해 볼 수 있다. 덧붙여 '악(어둠) = 선(밝음)'의 대립 구조도 가능하다.

맥베스

별들아 빛을 감춰라.

빛이 나의 검고 깊은 야망을 발견하지 못하도록,

눈은 내 손을 보지 못하도록.

하지만 그 일은 해야겠다.

끝이 나면 눈도 두려워 보지 못할 그 일을. (1막 4장)

빛은 사라지고 선한 존재들은 잠에 들 것을 이야기하는 과정에서 우리는 두 가지를 확인할 수 있다. 첫째, 선과 악의 분명한 극적 대립 구조이다. 선은 빛이다. 빛은 밝고 투명하며 순수하다. 즉 숨기는 것 없이 깨끗한 상태를 뜻한다. 이러한 빛을 의도적으로 가리려 한다는 것은 감추고 싶은 욕망, 죄 등을 끝내 실현할 결심을 내린 것으로 해석할 수 있다. 선과 악의 대립 안에서 맥베스는 최종적으로 악을 선택했고, 빛과 어둠의 이미저리는 이러한 선택을 시각적으로 잘 뒷받침한다.

둘째, 맥베스가 별들을 향해 빛을 감추라고 말하는 장면으로 그가 결국 선택하는 길이 어느 쪽일지 짐작할 수 있다. 다만 맥베스는 햇빛이 화창하게 쏟아질 때, 눈부시게 빛나는 곳에서는 살인을 실행하지 않을 것이다. 지금까지 지켜본 맥베스는 살인이라는 무서운 범죄를 당당하게 저지를 만한 용기는 가지고 있지 않기 때문이다. 또한 그는 과거에 고국과 왕을 위해 헌신해 온 영웅이었다. 비록 무의식적으로 왕좌에 대한 욕망을 품고 있었더라도 말이다. 한때 빛이 나는 자리에 있었던 그는 죄를 저지를 마음을 먹고도 자신의 체면은 계속 지켜나가고 싶다는, 지극히 인간적인 마음을 드러내고 있다.

6. 인생의 본질에 대한 생각

인간은 누구나 한 번쯤 방황하는 시기를 맞는다. 그럴 때면 무엇이 내 삶의 우선이 되어야 하는지 고민한다. 그리고 더 나아가 인생의 본질과 가치, 기준을 갈구하게 된다. 선과 악의 경계를 넘나드는 《맥베스》 속 대사에는 인간성의 본질을 파헤치는 구절이 많다.

① 인생이란, 걸어가는 그림자

맥베스

희미한 촛불이여, 꺼져라.
인생은 걸어가는 그림자, 불쌍한 배우이다.
무대 위 주어진 시간 동안은
맘껏 으스대고 뽐낼지라도
더 이상 아무도 들어주지 않는
인생은 바보들의 이야기이다.
아우성으로 가득 찬 그 소리는
결국 아무 의미도 없기에. (5막 5장)

이상향을 향한 그리움을 표현한 유치환의 시 〈깃발〉에는 역설로 유명한 "소리 없는 아우성"이라는 구절이 나온다. 향수 짙은 호소와 애원이 물리적 공명의 부재를 만나 그 절박함이 강조되고 있다. 맥베스도 '아우성'이라는 단어를 통해 인생의 의미를 찾으며 본질을 묻고 있다. 하지만 그의 독백에 따르면 이 외침은 인생이라는 무대가 끝나면 의미가 없다. 어떠한 삶을 살았든 죽음은 피할 수 없고, 결국 잊히는 것이 인간의 숙명임을 일깨운다. 어두운 이 비극에서 파멸을 향해 치닫는 주인공의 회의적인 한마디이다.

② 인생이란, 모호한 것

세 마녀

고운 것은 추한 것이고, 추한 것은 고운 것이다.
안개 속 탁한 공기 속으로 날아가자. (1막 1장)

전쟁에서 승리한 후 돌아가던 맥베스는 마녀들로부터 이러한 예언을 듣는다. 알쏭달쏭한 이 말은 'fair(고운, 아름다운)'와 'foul(추한, 더러운)'의 말장난으로, 무엇이 선하고 무엇이 그릇된 것인지 혼동하게 한다. 실제로 아름다운 것, 선한 것과 대비되는 악한 것의 가치가 혼재된 사회가 있다면 인간에게 그보다 위협적이며 공포심을 불러일으키는 곳은 없을 것이다. 그런 의미에서 마녀들에게 처음 예언을 들은 순간부터 맥베스는 선과 악이 뒤섞인 애매모호한 세상에 발을 들여놓은 것이라고 해석할 수 있다. 선과 악을 구분할 잣대나 분별력이 없어진 인간의 삶은 맥베스의 심리 상태처럼 혼란스럽고 힘겨울 것이다.

③ 인생이란, 극적 아이러니

> 던컨 왕
>
> 겉만 보고서는 사람의 속을 알 도리가 없구나. (1막 4장)

국왕 던컨은 반란군을 진압하고 돌아온 맥베스를 끌어안으며 이런 말을 한다. 이 시점에서 맥베스는 이미 마녀의 예언을 듣고 왕을 죽일 생각을 하고 있는 상태였다. 관객들도 그 사실을 알고 있기에, 자랑스러움과 신임으로 가득 찬 저 대사를 들으면 의미심장함을 느끼지 않을 수 없다.

이렇게 대사를 말하는 등장인물은 모르고 넘어가지만, 그것을 듣는 관객은 문맥을 통해 이어질 이야기를 파악하고 있는 상황을 '극적 아이러니'라 한다. 이는 셰익스피어가 극을 창작할 때 많이 사용하던 기법이다. 관객들은 던컨 왕이 한 말이 곧 실현되리라는 것을 알고 있기에 비극의 무게감과 극적 효과를 생생하게 느낄 수 있다. 던컨의 예언과도 같은 말에 자신만의 반란을 고뇌하던 맥베스가 겉으로는 어떻게 반응했을지, 속으로는 무슨 생각을 했을지 상상해 보는 것도 또 다른 묘미이다.

생각할 거리

1. 맥베스의 악행은 어디서 기인한 것인가? 맥베스 자신인지, 아내 레이디 맥베스인지, 아니면 마녀의 예언인지 자신의 의견을 말해보자.

2. 인간은 왜 양심을 외면하면서까지 욕심을 부리고 죄를 짓는지 자신의 생각을 말해보자.

3. 인간이 죄를 짓지 않게 하는 요소들에는 양심, 법, 체면 등이 있다. 어떤 장치가 죄를 막는 데 가장 효과적인지 생각해 보자.

4. 《맥베스》의 분위기는 전체적으로 음산하다. 이 음산한 분위기를 가장 효과적으로 나타내는 표현을 찾아보자.

세계문학을 읽다 7

셰익스피어를 읽다

1판 1쇄 발행일 2023년 6월 12일

지은이 김윤경

발행인 김학원
발행처 (주)휴머니스트출판그룹
출판등록 제313-2007-000007호(2007년 1월 5일)
주소 (03991) 서울시 마포구 동교로23길 76(연남동)
전화 02-335-4422 **팩스** 02-334-3427
저자·독자 서비스 humanist@humanistbooks.com
홈페이지 www.humanistbooks.com
유튜브 youtube.com/user/humanistma **포스트** post.naver.com/hmcv
페이스북 facebook.com/hmcv2001 **인스타그램** @humanist_insta

편집책임 문성환 **편집** 윤무재 **디자인** 이수빈
용지 화인페이퍼 **인쇄** 청아디앤피 **제본** 민성사

ISBN 979-11-7087-003-6 44800
979-11-6080-836-0 (세트)